사양

# 사양

다자이 오사무

장하나 옮김

성림원북스

# 차례

# 1

"아."

아침에 식당에서 수프를 한 수저 살짝 떠 드시던 어머니
가 희미하게 외마디 소리를 내셨다.

"머리카락?"

수프에 뭔가 불쾌한 거라도 들었나 싶었다.

"아니."

어머니는 아무 일도 없었다는 듯, 다시 사뿐히 수프를 한
술 입에 흘려 넣으시고는, 새초롬하게 고개를 옆으로 돌려
부엌 창문 너머 활짝 핀 산벚꽃을 바라보더니, 그렇게 고개
를 옆으로 돌린 채, 다시금 사뿐히 수프 한 입을 조그만 입

술 사이로 미끄러트리듯 넣으셨다. 사뿐히, 라는 표현은 어머니에게는 결코 과장이 아니다. 여성 잡지 같은 데서 나오는 식사법과는 완전히 다르다. 언젠가 남동생 나오지가 술을 마시면서 누나인 내게 이런 말을 한 적이 있다.

"작위°가 있다고 다 귀족이 아니야. 작위가 없어도 기품이라는 걸 타고난 고결한 귀족이 있는가 하면, 우리처럼 작위는 있어도 귀족은커녕 천민 비스름한 사람도 있어. 이와지마(나오지의 친구인 백작을 들먹이며) 같은 녀석은 진짜로 신주쿠 유흥가의 호객꾼보다 훨씬 천박하단 말이야. 요전에도 야나이(역시 동생의 학교 친구로 자작의 차남을 들먹이며)의 형님 결혼식에 그 멍청이 놈이 턱시도 나부랭이를 입고 왔더라니까. 대체 그딴 걸 왜 입고 오느냐고. 뭐 그건 그랬다 쳐. 그 자식이 테이블 스피치 때는 어땠게? '있사오니' 같은 희한한 말투로 지껄이는 통에 토할 뻔했잖아. 잘난 척은 품위랑은 눈곱만큼도 상관없는 어쭙잖은 허세야. 고급 하숙이라고 써 놓은 간판이 혼고 부근에 널리고 널렸어도, 사실 화족이라는 작자들은 거의 다 고급 거지라고나 할까.

---

● 爵位, 1869년부터 1947년까지 존재했던 일본의 귀족 제도. 공작·후작·백작·자작·남작의 다섯 계급이 있었으며 화족(華族)이라고 불렸다.

진짜 귀족은 이와지마처럼 어설픈 잘난 척은 안 해. 우리 집 안에도 진짜 귀족은 어머니뿐일 거야. 진짜야. 아무도 못 당한다니까."

수프를 먹을 때만 해도 그렇다. 우리는 접시 위에 고개를 약간 숙이고 스푼을 옆으로 쥔 다음 수프를 떠서 그대로 입에 가져가지만, 어머니는 식탁 가장자리에 왼손 손가락을 가볍게 얹고 상체와 얼굴을 꼿꼿이 들고서, 접시도 보는 둥 마는 둥 하며 스푼을 가로로 눕혀서는, 제비처럼 가볍고 정확하게 스푼을 입과 직각이 되도록 가져가, 스푼 끝에서 수프를 입술 사이로 흘려 넣으신다. 그러고는 무심히 주위를 곁눈질하면서, 폴랑폴랑 흡사 스푼을 작은 날개처럼 놀리며, 단 한 방울도 흘리는 일 없이, 후루룩 소리도 접시 소리도, 전혀 내지 않으신다. 그것이 소위 정식 예법에 맞지 않는 식사법일지언정, 내 눈에는 무척이나 귀엽고 그야말로 진짜처럼 보인다. 또한, 사실 수프 같은 음식은 몸을 숙여 스푼을 옆으로 해서 입에다 넣는 것보다는, 상체를 세우고 느긋하게 스푼 끝에서부터 입안에 흘려 넣으며 먹는 게 희한할 정도로 더 맛난 법이다. 하지만 나는 나오지의 말처럼 고급 거지라서, 어머니처럼 가볍고 능숙하게 스푼을 다루

질 못하니, 별수 없이 단념하고 접시 위에 고개를 숙이고서, 이른바 정식 예법에 따라 우중충한 방식으로 먹는다.

수프뿐만이 아니라 어머니의 식사법은 꽤나 예법에 어긋난다. 고기가 나오면, 단숨에 나이프와 포크로 모두 잘게 썬 다음, 나이프를 내려놓고 포크를 오른손으로 옮겨 쥐고선 한 점 한 점 포크로 찍어 천천히 맛을 즐기신다. 또 뼈 있는 치킨은 우리가 접시 소리를 내지 않고 살을 발라내려고 애쓰는 사이, 어머니는 아무렇지도 않게 손끝으로 뼈를 집어 들어 입으로 살을 발라내고는 시치미를 떼신다. 그런 야만스러운 동작도 어머니가 하면 귀여움을 넘어서 묘하게 에로틱하기까지 하니 과연 진짜란 다르다. 뼈 있는 치킨뿐 아니라 점심 반찬인 햄이나 소시지 같은 것도 손끝으로 살짝 집어 드시곤 한다.

"주먹밥이 왜 맛있는지 아니? 그건 말이야. 사람이 손가락으로 꽉 쥐어서 만들기 때문이야."

어머니는 이렇게 말씀하신 적도 있다.

정말 손으로 집어 먹으면 맛있겠다 싶은 적도 있지만, 나 같은 고급 거지가 섣불리 흉내 냈다간 그야말로 진짜 거지 꼴이 돼 버릴 것 같아서 꾹 참고 있다.

동생 나오지도 어머니한텐 못 당하겠다고 했지만, 정말이지 나 역시 어머니를 따라 할 엄두조차 못 내는 터라 절망비슷한 감정마저 든다. 언젠가 초가을의 달 밝은 밤, 니시카타초의 집 안뜰 연못가 정자에서 어머니와 단둘이 달맞이를 한 적이 있다. 여우가 시집갈 때랑 쥐가 시집갈 때의 몸단장은 뭐가 다를까, 웃으면서 그런 이야기를 하는데, 별안간 어머니가 벌떡 일어나더니 정자 옆 싸리 덤불 속으로 들어가셨다. 그러고는 하얀 싸리꽃 사이로 그보다 더 새하얀 얼굴을 쏙 내밀고 미소 지으며 말씀하셨다.

"가즈코, 엄마가 지금 뭘 하고 있는지 맞혀 보렴."

"꽃을 꺾고 계세요."

내 대답에 어머니는 속삭이듯 웃으며 말씀하셨다.

"쉬하고 있단다."

쭈그려 앉은 기색이 조금도 없어서 놀랐으나, 나 같은 건 죽었다 깨나도 흉내 낼 수 없는, 참으로 사랑스러운 느낌이었다.

오늘 아침 수프 이야기를 하다 딴 길로 새버렸지만, 얼마 전 어떤 책을 읽다가, 루이 왕조 시대의 귀부인들은 궁정이나 복도 구석 같은 데서, 아무렇지도 않게 오줌을 눴다는 사실을 알고는 그 무심함이 못내 사랑스러워 우리 어머니도 진짜 그런 귀부인의 마지막 한 사람이 아닐까, 생각했다.

그런데 오늘 아침에는 수프를 한술 드시다가 "아" 하고 조그만 소리를 내시기에, "머리카락?" 하고 여쭈니 "아니"라고 하신다.

"짜요?"

오늘 아침 수프는 요전에 미국이 배급한 완두콩 통조림을, 내가 체에 내려 포타주처럼 만든 것이다. 원래 요리에는 자신이 없던 터라 어머니에게서, "아니"라는 말을 듣고도 여전히 마음이 놓이지 않아 그리 물은 것이다.

"맛있게 잘 만들었어."

어머니는 진지하게 말하며 수프를 다 비우시고는, 김으로 싼 주먹밥을 손으로 집어 드셨다.

나는 어릴 때부터 아침엔 입맛이 없어서 한 10시쯤이나 돼야 배가 고팠다. 그날도 수프만은 가까스로 먹었지만, 다른 음식은 딱히 입맛이 당기지 않아 접시에 주먹밥을 올려놓고 젓가락으로 마구 헤집고서 한 덩이 집었다. 그러고는 어머니가 수프를 드실 때처럼, 젓가락을 입과 직각이 되도록 해서, 마치 새끼 새에게 먹이를 주듯 입에 밀어 넣고 깨작거렸다. 그러는 동안 어머니는 어느새 식사를 마치고 살며시 일어나 아침 햇살이 비치는 벽에 등을 기대고 잠시 밥 먹는 내 모습을 가만히 바라보다 말씀하셨다.

"가즈코는 아직 안 되겠구나. 아침밥을 가장 맛있게 먹어야 하는데."

"어머닌 맛있어요?"

"그럼 맛있지. 엄만 이제 환자가 아니란다."

"나도 환자 아니에요."

"아냐, 멀었어."

어머니는 쓸쓸히 웃으며 고개를 저으셨다.

나는 5년 전에 폐병으로 앓아누운 적이 있지만, 그건 제 멋대로 살다 생긴 작은 병이었다. 하지만 얼마 전 어머니가 앓으신 병은, 그야말로 걱정스러울 정도로 심각한 병이었다. 그런데도 어머니는 내 걱정만 하신다.

"아."

내가 외마디 소릴 냈다.

"왜 그러니?"

이번에는 어머니 쪽에서 되묻는다.

얼굴을 마주 보고 서로 뭔가 알았다는 것을 눈치채고 후

후후 내가 웃자, 어머니도 싱긋 웃으셨다.

어떤 참을 수 없는 부끄러운 생각이 덮쳐 오면, 그 기묘한, '아' 하는 희미한 소리가 터져 나오곤 했다. 방금 내 가슴에 불쑥, 6년 전 이혼하던 때의 일이 선명하게 떠올라 견딜 수 없어져서, 나도 모르게 '아' 소리가 새어 나온 건데, 어머니는 무슨 이유였을까? 어머니한테 나처럼 부끄러운 과거가 있을 리는 없는데. 아니, 어쩌면, 뭔가 있는 건가.

"어머니도 방금 뭔가 떠오르신 거죠? 뭐예요?"

"잊어버렸어."

"저랑 상관있는 일이에요?"

"아니."

"그럼 나오지랑 상관있는 거예요?"

"그럴……."

어머니는 말을 하다 말고 고개를 갸웃하더니,

"지도 모르지."라고 하셨다.

동생 나오지는 대학에 다니다 징집되어 남방의 섬으로 갔는데, 소식이 끊겨버린 통에 전쟁이 끝났는데도 찾을 수 없었다. 어머니는 이제 두 번 다시 나오지를 만날 수 없다고, 각오하고 있다고 말씀하셨지만, 나는 그런 '각오' 같은 걸 한 번도 해본 적이 없다. 반드시 만날 수 있으리라 믿는다.

"체념한 줄 알았는데, 맛있는 수프를 먹다 보니 나오지가 너무 보고 싶잖니. 좀더 잘해 줄걸."

나오지는 고등학교에 들어가고부터 별나다 싶을 정도로 문학에 빠져 불량소년이나 다름없는 생활을 해서 어머니 속을 얼마나 썩였는지 모른다. 그런데도 어머니는 수프를 한술 드시고 나오지 생각에 '아' 하는 소릴 내신다. 나는 밥을 입안에 밀어 넣다가 눈시울이 뜨거워졌다.

"괜찮아, 나오지는 괜찮을 거예요. 개 같은 악동은 쉽게 안 죽어요. 맨날 죽는 사람들 봐요. 죄다 얌전하고 예쁘고 착한 사람들뿐이잖아요. 나오지 같은 애는 몽둥이로 때려도 안 죽을걸요."

"그럼 우리 가즈코 양은 일찍 죽으려나?"

어머니는 웃으며 나를 놀리신다.

"어머, 왜요? 전 못된 못난이라서 여든까지도 끄떡없거든요."

"그래? 그럼 엄만 아흔까지 끄떡없겠네."

"네……."

말을 꺼냈다가 조금 난처해졌다. 악당은 오래 산다, 아름다운 사람은 빨리 죽는다, 어머니는 아름답다, 하지만 오래 사셨으면 싶다. 나는 몹시 당황스러웠다.

"너무해요!"

그렇게 말하는데 아랫입술이 파르르 떨리고 눈에선 눈물방울이 흘러내렸다.


뱀 이야기를 꺼내 볼까. 네댓새 전 오후, 동네 아이들이 정원 울타리 대숲에서 열 개쯤 되는 뱀 알을 발견했다.

아이들은 살무사 알이라고 주장했다. 나는 그 대숲에 살무사 열 마리가 태어나면 자칫 정원에도 못 내려갈지도 모른다는 생각에,

"태워버리자."

라고 했더니, 아이들이 뛸 듯이 기뻐하며 내 뒤를 따랐다.

대숲 근처에 나뭇잎과 마른 가지를 쌓아 올려 불을 놓고, 그 불 속에 알을 하나씩 던져 넣었다. 알은 좀체 타지 않았다. 아이들이 그 위에 나뭇잎과 잔가지를 더 얹어 불길을 세게 해도 알은 도통 탈 기미가 보이지 않았다.

아랫집 농가에 사는 처녀가 울타리 밖에서,

"뭐 하고 있는 거예요?"

하고 웃으며 물었다.

"살무사 알을 태우고 있어요. 살무사가 나오면 무섭잖아
요."

"크기가 얼마만 한데요?"

"메추리알만 하고 새하얘요."

"그럼 그거 그냥 뱀 알이에요. 살무사 알이 아니고요. 생
알은 잘 안 타요."

처녀는 재밌다는 듯 웃으며 가 버렸다.

30분가량 태웠는데도 도무지 알이 타지 않아서, 아이들
에게 알을 도로 꺼내게 해 매화나무 밑에 묻게 하고, 조약돌
을 모아 묘비를 만들어주었다.

"자, 모두 절하는 거야."

내가 웅크려 합장하자 아이들도 내 뒤에 얌전히 웅크려
합장하는 것 같았다. 아이들과 헤어져 혼자 돌계단을 느릿
느릿 오르는데, 돌계단 위 등나무 덩굴 그늘에 서 계시던 어
머니가 말씀하셨다.

"못된 짓을 했구나."

"살무사인 줄 알았는데 그냥 뱀이었어요. 그래도 잘 묻어

주었으니 괜찮을 거예요."

말은 그렇게 했어도 어머니에게 들켜 찜찜했다.

어머니는 결코 미신을 믿는 분은 아니었지만, 10년 전 아버지가 니시카타초의 집에서 돌아가신 후로 뱀을 무척 두려워하신다. 아버지의 임종 직전, 어머니가 아버지의 머리맡에 가느다란 검정 끈이 떨어져 있는 걸 보고 무심코 주우러 했는데, 그게 뱀이었다. 뱀은 스르르 도망쳐 복도로 나가 사라져버렸고, 그걸 본 사람은 어머니와 와다 외삼촌, 둘뿐이었다. 두 분은 얼굴을 마주하고 있었지만, 임종을 지키는 방이 소란스러워지지 않게 꾹 참고 가만히 계셨다고 한다. 우리도 그 자리에 함께 있었는데, 그 뱀에 대해서는 까맣게 몰랐다.

하지만 아버지가 돌아가신 그날 저녁, 정원 연못가의 나무란 나무마다 뱀들이 기어 올라가 있던 광경은 나도 똑똑히 봐서 알고 있다. 지금 내가 스물아홉 된 아줌마니까 10년 전 아버지가 돌아가셨을 때는 열아홉이었다. 이미 어린애가 아니었으니, 10년이 흘렀어도 그때의 기억은 지금도 생생하다. 내가 영전에 바칠 꽃을 가지러 정원 연못 쪽으로 걷다가 연못가 철쭉 앞에 문득 멈춰 서서 보니, 그 철

쭉 가지 끝에 작은 뱀이 휘감겨 있었다. 흠칫 놀라 옆에 있는 황매화를 꺾으려는데, 그 가지에도 뱀이 감겨 있었다. 그 옆의 물푸레나무에도, 어린 단풍나무에도, 금작화에도, 등나무에도, 벚나무에도 나무란 나무엔 죄다 뱀이 휘감겨 있었다. 하지만 나는 그다지 무섭지 않았다. 뱀들도 나처럼 아버지의 죽음이 슬퍼 구덩이에서 기어 나와 아버지의 넋을 기리고 있구나 싶었을 뿐이다. 그러고서 어머니께 정원에서 본 뱀 이야기를 귀띔해드렸더니, 어머니는 침착하게 고개를 갸웃하고 뭔가를 생각하는 눈치였지만 별다른 말씀은 없으셨다.

그러나 이 두 가지 뱀 사건 이후로, 어머니가 뱀을 지독히 싫어하게 된 건 사실이다. 뱀을 싫어한다기보다는 뱀을 숭배하고 두려워하는 마음, 즉 경외심을 품게 되었다고나 할까.

어머니는 내가 뱀 알을 태운 걸 보고 분명 뭔가 몹시 불길한 기운을 느끼셨으리라. 그렇게 생각하자 갑자기 나도 뱀 알을 태운 게 굉장히 무서운 일인 것만 같아서, 이 일이 혹시 어머니께 재앙을 불러오는 건 아닐까 심히 염려되어, 다음 날도 또 그다음 날도 마음속에 담아두던 터였는데, 오늘 아침 식당에서 아름다운 사람은 일찍 죽는다느니 따위의 헛소리를 생각 없이 내뱉었다가, 결국 어찌할 바를 몰라 울어버렸다. 아침 식사 설거지를 하면서 왠지 내 가슴속에 어머니 명을 앞당길 섬뜩한 뱀 한 마리가 들어앉은 것 같아, 못내 견딜 수가 없었다.

그리고 그날, 나는 정원에서 뱀을 보았다. 무척 포근하고 맑은 날이라 부엌일을 마치고 정원 잔디에 등의자를 내놓고 뜨개질할 생각이었다. 등의자를 들고 정원으로 내려갔는데 정원석 부근 조릿대에 뱀이 있었다. '아, 징그러워', 나는 단지 그렇게 생각했을 뿐, 그 이상 깊이 생각지도 않고, 등의자를 들고 돌아와 툇마루에 올려놓고 앉아서 뜨개질을 시작했다. 오후에 정원 구석의 불당 안에 둔 장서 가운데 로랑생*의 화집을 꺼내 오려고 정원으로 내려갔는데, 잔디 위로 뱀이 천천히 기어가고 있었다. 아침에 본 뱀이랑 똑같았다. 호리호리하고 기품 있는 뱀이었다. 나는 암컷이리라 생각했다. 뱀은 잔디밭을 조용히 가로질러 찔레나무 그늘로 가 멈추더니, 고개를 들고 가느다란 불꽃 같은 혀를 날름거렸다. 그러고는 주위를 둘러보는 듯하다가, 이내 고개를 떨구고 우울한 듯 몸을 웅크렸다. 나는 그때도 그저 아름다운

• 1885~1956. 감미롭고 섬세한 화풍을 지닌 프랑스의 화가.

뱀이겠거니 싶을 뿐이었다. 이윽고 불당에 가서 화집을 꺼내 돌아오는 길에 아까 뱀이 있던 자리를 흘끗 봤지만 이미 사라지고 없었다.

저녁 무렵, 어머니와 응접실에서 차를 마시며 정원 쪽을 바라보는데, 세 번째 돌계단에 오늘 아침 그 뱀이 다시 스르르 나타났다.

어머니도 뱀을 발견하고,

"저 뱀은?"

하며 일어나 내게로 달려오시더니 내 손을 꼭 잡고 서서 꼼짝도 하지 않으셨다. 그 말에 나도 문득 짚이는 바가 있어,

"알의 어미?"

하고 입에 올리고 말았다.

"그래, 맞아."

어머니의 목소리는 잠겨 있었다.

우리는 손을 맞잡고 숨죽인 채 잠자코 그 뱀을 지켜보았다. 돌 위에 구슬프게 웅크리고 있던 뱀은 비틀비틀 다시 움직이는가 싶더니, 힘없이 돌계단을 가로질러 제비붓꽃 쪽으로 기어들어 갔다.

"아침부터 정원을 돌아다녔어요."

내가 작은 소리로 말하자, 어머니는 한숨을 내쉬고 의자에 털썩 주저앉으시며 가라앉은 목소리로 말씀하셨다.

"그래. 알을 찾고 있는 거야. 가엾어라."

나는 후후 웃을 수밖에 없었다.

석양이 어머니의 얼굴을 비추자, 그 눈이 파랗게 빛나고, 희미하게 분노가 깃든 얼굴은 와락 안기고 싶을 만큼 아름다웠다. 그리고 아아, 어머니의 얼굴은 아까 그 슬픈 뱀과 어딘가 닮아 있었다. 내 가슴속에 깃든 흉측한 살무사가, 언젠가 이 깊은 슬픔에 찬 아름다운 어미 뱀을 잡아먹진 않을까, 어쩐지 그런 생각이 들었다.

나는 보드랍고 가냘픈 어머니의 어깨에 손을 얹고서 까닭 모를 몸서리를 쳤다.


우리가 도쿄 니시카타초의 집을 버리고 이즈에 있는 이곳 중국풍 산장으로 이사한 건, 일본이 무조건 항복을 선언한 그해 12월 초였다. 아버지가 돌아가신 후, 우리 집 가계는 어머니의 남동생이자 이제 어머니의 유일한 혈육인 와다 외삼촌이 전부 보살펴주셨는데, 전쟁이 끝나고 세상이 변하자, 외삼촌이 어머니께 더는 안 되겠다, 집을 파는 수밖에 없다, 하녀들도 모두 내보내고 모녀 둘이 어디 시골에 아담한 집을 사서 편안히 사는 게 좋겠다고 말한 눈치였다. 어머니는 돈에 관해서라면 애들보다도 세상 물정에 어두운 분이라, 외삼촌이 그리 말씀하시니 그럼 잘 부탁한다며 맡기신 모양이었다.

11월 말에 외삼촌으로부터 속달 우편이 왔다. 슨즈 철도 근처에 가와다 자작의 별장이 나왔다, 집은 고지대라 전망이 좋고 밭도 100평 정도 딸린 데다, 그 일대는 매화 명소로 겨울은 따뜻하고 여름엔 시원하니 살아보면 분명 마음에 드실 거다, 그쪽과 직접 만나 얘기를 좀 해봐야 하니, 내일 일단 긴자의 내 사무실로 와주길 바란다는 내용이었다.

"어머니, 가실 거예요?"

"그야, 내가 부탁했으니까."

내가 묻자 어머니는 몹시 쓸쓸하게 웃으며 대답하셨다.

이튿날, 예전 운전사였던 마쓰야마 씨에게 동행해달라고 부탁해, 어머니는 정오가 조금 지나 외출하셨다가 저녁 8시쯤에 마쓰야마 씨와 돌아오셨다.

"결정했어."

내 방으로 들어온 어머니는 책상 위에 손을 짚고 그대로 맥없이 주저앉으시며 말씀하셨다.

"결정했다니, 뭘요?"

"전부."

"네?"

나는 화들짝 놀랐다.

"어떤 집인지 보기도 전에……."

어머니는 책상 위에 한쪽 팔꿈치를 대고 이마를 살짝 짚은 채 옅은 한숨을 내쉬었다.

"외삼촌이 좋은 곳이라 했으니, 난 그냥 눈 딱 감고 그 집으로 옮겨도 괜찮지 않을까 싶어."

그렇게 말하며 얼굴을 들고 옅게 미소 지으시는 어머니. 그 얼굴은 조금 수척하고 아름다웠다.

"그래요."

나도 외삼촌에 대한 어머니의 아름다운 신뢰에 맞장구를 쳤다.

"그럼 저도 눈 딱 감아야죠 뭐."

둘이서 소리 내 웃었지만, 웃고 나니 더 쓸쓸해졌다.

그 후, 매일같이 집에 인부가 와 이삿짐을 꾸리기 시작했다. 외삼촌도 찾아와 팔 만한 물건들은 팔아 치울 수 있게 끔 손을 써주셨다. 나는 하녀 오키미와 둘이서 옷 정리를 하거나 정원에서 잡동사니를 태우느라 분주했는데, 어머니는 거들지도 않고 그렇다고 딱히 뭘 시키는 일도 없이, 괜히 방 안에서 꾸물거리기만 하셨다.

"왜 그러세요? 이즈에 가기 싫어진 거예요?"

큰맘 먹고 조금 퉁명스럽게 물어도,

"아니."

하고 멍한 얼굴로 답하실 뿐이었다.

열흘가량 지나자 정리가 다 끝났다. 저녁 무렵, 정원에서 오키미와 둘이 휴지며 지푸라기를 태우고 있는데, 어머니 도 방에서 나와 툇마루에 서서, 우리가 피운 모닥불을 말없 이 보고 계셨다. 잿빛 같은 차가운 서풍이 불어와 연기가 나 지막이 땅 위를 기어갔다. 문득 어머니의 얼굴을 올려다보 니 어머니의 낯빛이 여태껏 본 적 없을 정도로 안 좋아 깜짝 놀라 소리쳤다.

"어머니, 안색이 안 좋아요!"

그러자 어머니는 엷게 웃으시며,

"괜찮아."

하시고는 방으로 슬그머니 들어가셨다.

그날 밤, 이미 이불을 싸버린 터라, 오키미는 2층 방 소파에서, 어머니와 나는 옆집에서 빌려온 이불 한 채를 어머니 방에 펴고 함께 잤다.

어머니는 놀랄 만큼 늙고 힘없는 목소리로 뜻밖의 말씀을 하셨다.

"가즈코가 있어서, 가즈코가 있어 줘서, 이즈로 가는 거야. 가즈코가 있어 주니까."

나는 가슴이 덜컥 내려앉아 엉겁결에 여쭈었다.

"제가 없었으면요?"

그랬더니 어머니는 갑자기 울음을 터뜨리셨다.

"죽는 게 낫지. 아버지가 돌아가신 이 집에서, 엄마도, 죽어버리고, 싶어."

띄엄띄엄 말씀하시다가 끝내 서럽게 우셨다.

어머니는 이제껏 내게 단 한 번도 이런 약한 소리를 하신 적이 없었고, 또한 이토록 애통하게 우는 모습을 보인 적도 없었다. 아버지가 돌아가셨을 때도, 내가 시집갈 때도, 배 속에 아기를 품고 어머니 곁으로 돌아왔을 때도, 아기가 병원에서 죽은 채 태어났을 때도, 내가 병으로 몸져누웠을 때도, 또 나오지가 나쁜 짓을 했을 때도, 어머니는 결코 이런 약한 모습을 보이지 않으셨다. 아버지가 돌아가시고 10년 동안, 어머니는 아버지가 살아 계실 때와 조금도 다름 없이, 여유롭고 자상한 분이셨다. 그래서 우리도 맘껏 어리광을 부리며 자랄 수 있었다. 하지만 어머니는 이제 돈이 다 떨어졌다. 전부 우리를 위해서, 나와 나오지를 위해서, 조금도 아까워하지 않으시고 다 써버렸다. 이젠 오랜 세월 정든 집을 떠나 이즈의 작은 산장에서 나와 단둘이, 외로운 생활을 꾸려가야만 한다.

만약 어머니가 심술이 그득하고, 인색하고, 우리를 나무라고, 또 몰래 자기 돈 불릴 꿍꿍이만 있던 분이라면, 아무리 세상이 변했어도 이렇게 죽고 싶어 하시진 않았으련만, 아아, 돈이 떨어진다는 건 이 얼마나 무섭고, 비참하고, 구원 없는 지옥인가, 난생처음 깨달은 생각에 가슴이 미어졌다. 너무나 괴로워서 울고 싶어도 울 수 없었다. 인생의 엄숙함이란 이런 기분을 말하는가, 옴짝달싹도 할 수 없어서, 바로 누운 채로 돌덩이처럼 그 자리에 굳어버렸다.

다음 날도 어머니는 역시나 안색이 안 좋고, 여전히 꾸물거리시며 조금이라도 오래 이 집에 머물고 싶은 눈치였지만, 와다 외삼촌이 오셔서 이제 짐은 거의 부쳤으니 오늘 이 즈로 출발하자고 하자, 어머니는 마지못해 외투를 걸치고 작별 인사를 하는 오키미와 다른 사람들에게 말없이 꾸벅 인사를 하신 뒤, 우리 셋은 니시카타초의 집을 나섰다.

기차는 비교적 한산해서 세 사람 모두 앉을 수 있었다. 기차 안에서 외삼촌은 기분이 무척 좋은지 노래를 흥얼거렸지만, 어머니는 백지장 같은 얼굴을 띨군 채 몹시 추워하셨다. 미시마에서 슨즈 철도로 갈아타고, 이즈 나가오카에서 하차한 뒤 버스로 15분 정도 간 다음, 다시 내려서 산 쪽으로 완만한 비탈길을 오르니 작은 마을이 나왔고, 그 마을 변두리에 중국풍으로 지어진 그럴듯한 산장이 보였다.

"어머니, 생각보다 좋은 곳이네요."

나는 숨을 몰아쉬며 말했다.

"그렇구나."

어머니도 산장 현관 앞에 서서 한순간 기쁜 표정을 지으셨다.

"무엇보다 공기가 좋아. 얼마나 맑고 깨끗한지."

외삼촌이 자랑스레 말씀하셨다.

"정말."

어머니는 미소 지으시며 말을 이었다.

"맛있어, 여기 공기 참 맛있다."

그리고 세 사람은 웃었다.

현관에 들어서자 도쿄에서 부친 짐이 도착하여 현관이건
방이건 온통 짐으로 가득 차 있었다.

"방에서 보는 전망이 또 굉장하단다."

외삼촌은 들떠서 우리를 방으로 끌어다 앉혔다.

오후 3시쯤의 겨울 햇살이 정원 잔디에 부드럽게 내려앉
았다. 잔디에서 돌계단을 내려가면 작은 연못이 있고 매화
나무가 즐비했으며, 정원 아래에는 귤밭이 펼쳐져 있고, 거
기서부터 마을 길이 나 있었다. 그 너머로는 논이, 또 그 너
머로는 솔숲이, 그 솔숲 너머로는 바다가 보였다. 이렇게 방
에 앉아 있으니, 바다의 수평선이 딱 내 가슴께에 닿을 높이
였다.

"부드러운 경치야."

어머니는 쓸쓸하게 말씀하셨다.

"공기 탓인가. 햇살이 도쿄랑 완전히 달라요. 빛이 비단결
처럼 고와요."

나는 신이 나서 말했다.

다섯 평짜리 방과 세 평짜리 방, 응접실, 한 평 반 크기의 현관과 욕실, 식당과 부엌, 그리고 2층에 큰 침대가 놓인 손님방이 전부였지만, 우리 두 사람, 아니, 나오지가 돌아와 세 사람이 된다 해도 딱히 불편할 것 같지 않았다.

외삼촌은 이 마을에서 딱 하나뿐이라는 객점에 식사를 주문하고 돌아와, 잠시 후 배달된 도시락을 방에 펼쳐 놓고 가져온 위스키를 드시면서, 이 산장의 전 주인인 가와다 자작과 중국 여행 중 있었던 실수담을 풀어놓으며 무척 흥겨워하셨으나, 어머니는 도시락에 아주 조금 젓가락만 대고 마셨다. 이윽고 사위가 어둑해지자, 조그만 소리로 말씀하셨다.

"이대로 잠깐 눕고 싶구나."

나는 짐 속에서 이불을 꺼내 뉘어드리고는 혹시 몰라 체온계를 찾아 열을 재보니 39도였다.

외삼촌도 놀라며 아랫마을까지 의사를 찾아 나섰다.

"어머니!"

하고 불러도 맥을 못 추셨다.

나는 어머니의 자그만 손을 움켜잡고 흐느꼈다. 어머니가 너무 가여워서, 아니 우리 두 사람이 너무 가여워서, 울어도 울어도 멈출 수가 없었다. 울면서 정말 이대로 어머니와 함께 죽고 싶은 심정이었다. 이제 우리에게는 아무것도 필요 없다. 우리의 인생은 니시카타초의 집을 나서는 순간 이미 끝났다고 생각했다.

두어 시간 지나서 외삼촌이 아랫마을의 의사 선생님을 모시고 왔다. 선생님은 연세가 지긋해 보였는데, 센다이히라 하카마•를 입고 흰 버선을 신고 있었다.

"폐렴에 걸릴지도 모릅니다. 허나 폐렴에 걸려도 걱정하실 건 없습니다."

진찰이 끝나고 뭔가 미덥잖은 말씀을 하시더니 주사를 놓아준 뒤 가셨다.

다음 날도 어머니의 열은 내리지 않았다. 외삼촌은 내게 2천 엔을 건네며, 혹여 입원해야 하는 일이 생기면 전보를 치라는 말을 남기고, 일단 도쿄로 돌아가셨다.

나는 짐 속에서 필요한 취사도구만 꺼내 죽을 쑤어 어머니께 권했지만, 어머니는 누운 채로 세 숟가락 드시고는 고개를 내저으셨다.

---

• 센다이 지방에서 나는 옷감으로 만든 하카마. 하카마는 일본 전통 의상으로 기모노 위에 덧입는 통이 넓은 하의를 말한다.

정오 무렵, 아랫마을 의사 선생님께서 다시 오셨다. 지난 번처럼 하카마 차림은 아니었지만, 흰 버선만은 여전히 신고 있었다.

"입원하는 게……."

내가 여쭈자,

"아니, 그럴 것까진 없습니다. 오늘은 센 주사를 놓아드릴 테니 열도 곧 내릴 겁니다." 하고 여전히 미덥잖은 대답을 하며, 소위 그 센 주사를 놓고 가셨다.

하지만 그 센 주사가 효험이 있었던지, 그날 정오가 지나자 어머니의 얼굴이 새빨갛게 달아오르며 땀이 비 오듯 흘렀다. 젖은 잠옷을 갈아입으시던 어머니가 웃으며 말씀하셨다.

"명의인가 보다."

열은 37도로 내려가 있었다. 나는 기뻐서 이 마을에 하나뿐인 객점으로 달려가 주인아주머니께 부탁해 달걀 열 개를 얻어 바로 어머니께 반숙을 해드렸다. 어머니는 반숙 세 개와 죽 반 그릇을 드셨다.

이튿날, 그 명의가 또다시 흰 버선을 신고 찾아와, 내가 어제 그 센 주사의 효험에 대해 감사 인사를 드리자, 선생님은 당연하다는 표정으로 고개를 크게 끄덕이고는, 정성스레 진찰하시더니 내 쪽을 돌아보며 말씀하셨다.

"사모님은 이제 다 나으셨습니다. 그러니 이젠 무얼 드셔도, 무얼 하셔도 좋습니다."

역시 미심쩍은 말투여서 나는 웃음이 터져 나오려는 걸 가까스로 참아냈다.

선생님을 현관까지 배웅해드리고 방으로 돌아와 보니, 어머니가 마루 위에 앉아 계셨다.

"정말 명의구나, 이제 다 나았어."

한껏 즐거운 표정으로 혼잣말처럼 중얼거리셨다.

"어머니, 장지문 좀 열까요? 밖에 눈 와요."

꽃잎처럼 탐스러운 눈이 하늘하늘 내리고 있었다. 나는 장지문을 열어 어머니와 나란히 앉아, 유리문 너머 이즈의 눈을 바라보았다.

"이제 다 나았어."

어머니는 또다시 혼잣말처럼 되뇌었다.

"이렇게 앉아 있으니, 지난 일이 다 꿈만 같구나. 실은 나, 막상 이즈로 이사하려고 하니 아무래도 싫지 뭐니. 니시카타초에 있는 그 집에서 하루, 아니 딱 반나절만이라도 더 머물고 싶었어. 기차에 올랐을 땐 반쯤 넋이 나가버렸지. 여기 도착했을 때도 처음엔 좀 즐겁다가, 어둑어둑해지니까 도쿄가 그리워서 심장이 타들어 가는 것 같고 정신이 아득했단다. 그건 단순한 병이 아니야, 신이 나를 한 번 죽이신 다음, 어제까지와는 다른 나로, 다시 살게 하신 거야."

그 후로 지금까지, 우리 둘만의 산장 생활은 아무 일 없이 평온하게 이어졌다. 마을 사람들도 우리에게 친절했다. 이곳으로 이사 온 때가 작년 12월, 그리고 1월, 2월, 3월, 4월 오늘까지, 우리는 식사를 준비할 때 빼고는, 대개 툇마루에서 뜨개질을 하거나 응접실에서 책을 읽고 차를 마시며, 세상과 단절되다시피 한 생활을 하고 있었다. 2월에는 매화가 피어 마을이 온통 꽃으로 뒤덮였다. 3월에도 바람 없고 포근한 날이 많아, 활짝 핀 매화도 시들지 않고 3월 말까지 찬란하게 피어 있었다. 아침에도 점심에도 저녁에도 밤에도, 매화는 한숨이 새어 나올 정도로 무척이나 아름다웠다. 그리고 툇마루의 유리문을 열면, 언제나 꽃향기가 훅 흘러들었다. 3월의 끝자락, 해 질 녘에는 어김없이 바람이 불어와, 해 저무는 식당에서 차를 준비하고 있노라면, 창문으로 매화 꽃잎이 날아들어 찻잔 속에 젖어 들었다.

4월에 접어들면서, 나와 어머니가 툇마루에서 뜨개질을 하며 나눈 대화의 주제는 밭농사 계획에 관한 것이었다. 어머니도 돕고 싶다고 하셨다. 아아, 이렇게 쓰고 보니, 언젠가 어머니가 말씀하신 것처럼, 어쩌면 우린 한 번 죽었다가 되살아난 것 같기도 하다. 하지만 예수님의 부활 같은 건 결국 인간에겐 불가능한 일이 아닐까. 어머니는 말씀은 그렇게 하셨어도, 여전히 수프를 한술 드시다가 나오지 생각에 '아' 하신다. 그리고 내 과거의 상처도, 실은 조금도 아물지 않았다.

아아, 어느 것 하나 숨기지 않고, 솔직하게 쓰고 싶다. 나는 내심 이 산장의 평온이 죄다 가짜에 허울에 불과하다고 생각할 때도 있다. 이것이 우리 모녀가 신으로부터 받은 짧은 휴식 기간이라 해도, 이미 이 평화에는 무언가 불길하고 어두운 그림자가 스멀스멀 다가오는 기분이 들었다. 어머니는 행복을 가장하셨지만 나날이 쇠약해져 갔고, 또 내 가슴속에서 똬리를 튼 살무사는 어머니를 희생시키면서까지 살이 올랐는데, 아무리 억누르고 억눌러도 살이 올랐다. 아아, 이게 단지 계절 탓이라면 좋으련만, 내게는 요즘 이런 생활이 못내 견딜 수가 없다. 뱀 알을 태우는 몹쓸 짓을 한

것도, 그런 나의 초조함에서 비롯된 게 틀림없다. 그저 어머
니를 더욱 슬프고 쇠약하게 만들 뿐이다.

사랑, 이라고 쓰고 나니, 그다음은 쓸 수 없었다.

# 2

뱀 알 사건이 있고 나서 열흘 정도 지나자 불길한 일이 또 일어나, 어머니를 더욱 깊은 슬픔에 빠뜨렸고 끝내 명을 앞당겼다.

내가, 불을 낸 것이다.

내가 불을 내다니. 내 생애 그토록 무서운 일이 벌어지리라고는, 어려서부터 지금껏 꿈에서조차 한 번도 생각해본 적 없었는데.

불을 소홀히 하면 불이 난다는 지극히 당연한 사실도 알지 못할 만큼, 나는 소위 '공주님'이었던 걸까.

밤중에 화장실에 가려고 일어나 현관 칸막이 옆까지 갔

는데, 욕실 쪽이 환했다. 무심코 들여다보니 욕실 유리문이 새빨갛고 타닥거리는 소리가 들렸다. 잰걸음으로 달려가 욕실 쪽문을 열고 맨발로 밖에 나가 보니, 욕실 아궁이 옆에 쌓아 올린 장작더미가 맹렬한 기세로 타고 있었다.

정원과 맞닿은 아랫집 농가로 달려가 있는 힘껏 문을 두드리며 외쳤다.

"나카이 씨! 일어나요, 불이에요!"

나카이 씨는 이미 잠든 듯했지만,

"네! 금방 가요!"

하고 대답했다. 내가 "제발 빨리요!" 하고 말하는 사이, 그는 유카타 차림으로 집을 뛰쳐나왔다.

우리 두 사람은 불난 곳으로 달려가 양동이로 연못 물을 퍼 올려 불에 끼얹는데, 방 안 복도 쪽에서 어머니의 비명이 들렸다. 나는 양동이를 내던지고 정원에서 복도로 뛰어들었다.

"어머니, 염려 마시고, 괜찮으니 쉬고 계세요."

쓰러질 듯한 어머니를 부축해 자리로 모셔서 누인 다음, 다시 불난 곳으로 달려갔다. 이번에는 욕조 물을 퍼서 나카이 씨에게 건넸다. 나카이 씨는 그 물을 장작더미에 퍼부었지만, 불길이 너무 세서 그런 식으로는 도저히 잡힐 것 같지 않았다.

"불이야! 불이야! 별장에 불이 났다!"

아래쪽에서 소리가 나더니, 순식간에 마을 사람 네댓 명이 울타리를 부수고 뛰어 들어왔다. 그러고는 울타리 아래 용수로의 물을 릴레이식으로 퍼 나르며 2, 3분 만에 불길을 잡았다. 자칫하면 욕실 지붕으로 불이 번질 뻔했다.

다행이다, 하고 안도한 순간, 나는 이 화재의 원인을 깨닫고 섬찟 했다. 그제야 비로소 이 불 소동이, 저녁에 내가 욕실 아궁이에서 타다 남은 장작을 꺼내, 다 꺼진 줄 알고 장작더미 옆에 뒀다가 일어났다는 것을 알아챘다. 그 사실을 깨닫고는 눈물이 복받쳐 멀거니 서 있는데, 앞집 니시야마 씨네 며느리가 울타리 밖에서, 욕실이 아주 그냥 다 탔네, 아궁이 불단속을 대체 어찌했길래, 라고 큰 소리로 말하는 게 들렸다.

촌장인 후지타 씨, 니노미야 순경, 소방단장인 오우치 씨 등이 찾아왔다. 후지타 씨는 여느 때처럼 온화한 미소를 지으며 물었다.

"놀라셨죠? 어떻게 된 겁니까?"

"다 제 탓이에요. 장작 불씨가 다 꺼진 줄 알았는데……."

말을 꺼내다 너무 비참해서 눈물이 왈칵 쏟아지는 통에 고개를 떨구고 가만히 있었다. 경찰서에 끌려가 범죄자가 될지도 모른다는 생각이 들었다. 맨발에 잠옷 바람으로 흐트러진 내 모습이 갑자기 낯부끄러워서 바닥으로 떨어진 기분이었다.

"그렇군요, 어머님은요?"

후지타 씨가 위로하듯 나직이 물으셨다.

"방에서 쉬게 해드렸어요. 너무 놀라셔서……."

"그래도 뭐."

젊은 니노미야 순경도 위로하듯 말했다.

"집에 불이 안 번져서 다행입니다."

그러자 아랫집 나카이 씨가 옷을 갈아입고 다시 와서는,

"그냥 장작이 좀 탔을 뿐입니다. 화재랄 것도 없어요."

하고 숨을 헐떡이며 내 어리석은 과실을 감싸주었다.

"네, 잘 알겠습니다."

촌장 후지타 씨는 두어 번 고개를 끄덕이고 나서, 니노미야 순경과 뭔가 조용조용 의논하더니,

"그럼, 이만 가보겠습니다. 어머니께 안부 전해주세요."

하고는 그대로 소방단장인 오우치 씨 및 다른 분들과 함께 돌아갔다.

니노미야 순경만 남아 내 앞에 와서는 속삭이듯 말했다.

"암튼 오늘 밤 일은 따로 보고하지 않겠습니다."

니노미야 순경이 돌아가자 나카이 씨가 물었다.

"니노미야 씨가 뭐라던가요?"

진심으로 걱정스럽다는 듯 긴장한 목소리였다.

"보고하지 않으시겠대요."

내가 대답하자, 아직 울타리 쪽에 남아 있던 이웃분들이 내 대답을 알아들은 모양인지, 그래? 다행이네, 다행이야, 하면서 슬슬 발길을 돌렸다.

나카이 씨도, 그럼 이제 좀 쉬십시오, 라는 말을 남기고 돌아갔다. 나 혼자 멍하니, 타버린 장작더미 옆에 서서 눈물을 글썽이며 하늘을 올려다봤는데, 어느새 새벽이 오고 있었다.

욕실에서 손과 발, 얼굴을 씻고, 어머니 보기가 어쩐지 겁이 나서 머리를 매만지며 꾸물거리다가, 부엌으로 가서 날이 꼬박 밝을 때까지 애꿎은 식기들을 정리했다.

날이 밝아 발소리를 죽이고 방 쪽으로 살며시 가보니, 어머니는 이미 말끔히 옷을 갈아입고, 응접실 의자에 몹시 지친 듯 앉아 계셨다. 나를 보고 싱긋 웃으셨는데, 그 얼굴이 놀라우리만치 창백했다.

나는 웃지 않고 말없이 어머니의 의자 뒤에 섰다.

잠시 후 어머니가 말씀하셨다.

"별일 아니란다. 어차피 태울 장작이었잖니."

나는 금세 기분이 좋아져서 후후, 웃었다. 경우에 맞는 말은 은쟁반에 담긴 금사과니라, 라는 성서의 잠언을 떠올리며, 이토록 다정한 어머니를 둔 나의 행복을 하느님께 진심으로 감사드렸다. 어젯밤 일은 어젯밤 일. 더는 속 끓이지 않기로 다짐하고, 응접실 유리문 너머로 이즈의 아침 바다를 바라보았다. 어머니 뒤에 한참을 서 있었는데, 마지막엔 어머니의 가만한 숨결과 나의 숨결이 하나가 되었다.

가볍게 아침 식사를 마치고, 불에 탄 장작더미를 치우려는데, 이 마을에 하나뿐인 객점의 오사키 주인아주머니가,

"왜요, 왜? 무슨 일이죠? 나 방금 막 들었잖아. 간밤에 대체 무슨 일이 난 거예요?"

하면서 정원 사립문으로 잰걸음으로 달려오셨다. 아주머니 눈에 눈물이 그렁그렁했다.

"죄송해요."

나는 기어들어 가는 목소리로 사과했다.

"죄송은 무슨. 그보다 아가씨, 경찰 쪽에선 뭐래요?"

"덮어주셨어요."

아주머니는 "아이고, 다행이네." 하며 진심으로 기쁜 표정을 지었다.

나는 마을 사람들에게 어떤 식으로 감사 인사와 사과의 말을 전하면 좋을지, 아주머니와 상의했다. 오사키 아주머니는 역시 돈이 좋겠죠, 하며 성의를 표해야 할 집들을 일러주었다.

"아가씨 혼자 정 뭐하면 나도 같이 가요."

"혼자 가는 게 좋겠죠?"

"혼자 갈 수 있겠어요? 그럼 혼자 가는 게 낫죠."

"혼자 갈게요."

그러고서 아주머니는 뒷정리를 조금 거들어주셨다.

정리를 다 끝내고, 나는 어머니께 돈을 받아 100엔 지폐를 한 장씩 미농지에 싸서 봉투마다 '죄송합니다'라고 썼다.

우선 가장 먼저 마을 사무소로 갔다. 촌장 후지타 씨가 안 계셔서 접수 일을 하는 아가씨에게 봉투를 내밀었다.

"어젯밤엔 정말 죄송했습니다. 앞으로 주의할 테니 부디 용서해주세요. 촌장님께도 말씀 잘 부탁드립니다."

그러고 나서 소방단장인 오우치 씨 댁으로 갔더니 마침 오우치 씨가 현관에 나와서는 나를 보고 말없이 슬픈 미소를 지으셨다. 어쩐지 울컥한 나는,

"어젯밤엔 죄송했습니다."

라는 말만 간신히 마치고 서둘러 길을 나서는데, 눈물이 쏟아지는 바람에 얼굴이 엉망이 되었다. 일단 집으로 돌아가 세수를 하고 화장을 고친 뒤, 다시 나가려고 현관에서 구두를 신는데, 어머니가 나와 계셨다.

"또 어디 가니?"

"네, 이제 시작인걸요."

나는 고개를 들지 않고 대답했다.

"고생이 많구나."

나직이 말씀하셨다.

어머니의 애정에 힘입어, 이번에는 한 번도 울지 않고 다 돌 수 있었다.

구청장님 댁에 갔더니 구청장님은 안 계시고, 그 댁 며느

리가 나왔는데, 나를 보자마자 되레 그쪽에서 눈물을 글썽였다. 또 순경 댁에서는 니노미야 순경이 정말 다행이다, 라고 말해줬다. 모두가 좋은 분들뿐이라, 다른 이웃분들을 찾아가도 역시나 다들 나를 딱해하며 위로해주셨다. 다만, 앞집 니시야마 씨네 며느리, 그래봤자 이미 마흔 줄에 접어든 아주머니였지만, 그 사람한테만은 단단히 혼이 났다.

"앞으로는 조심 좀 하죠. 황족인지 뭔지는 모르겠지만, 난 전부터 당신네들 그 소꿉놀이 같은 생활이 늘 아슬아슬했어요. 애들 같은 사람 둘이서 지금까지 불 안 내고 산 게 어째 용하다 싶더니만. 앞으론 진짜 조심해요. 어젯밤 같은 경우도 바람이 셌으면 마을 전체가 불탔다고요."

아랫집 나카이 씨는 촌장과 니노미야 순경 앞으로 뛰쳐나가 화재랄 것까지도 없다며 감싸주었는데, 니시야마 씨네 며느리는, 욕실이 아주 그냥 다 탔네, 아궁이 불단속을 대체 어찌했길래, 하며 큰 소리로 말했다. 하지만 나는 니시야마 씨네 며느리의 타박에서도 진솔함을 느꼈다. 사실 맞는 말이다. 나는 조금도 니시야마 씨네 며느리를 원망하지 않는다. 어머니는 어차피 태울 장작이었다며 농담으로 나를 위로해주셨지만, 만약 그때 바람이 강했다면, 니시야마 씨네 며느리 말마따나 이 마을 전체가 불에 타버렸을지도 모른다. 그랬다면 난 죽음으로 사죄해도 갚지 못했으리라. 내가 죽으면 어머니도 살아갈 수 없을 테고, 또 돌아가신 아버지의 이름을 더럽히게 된다. 이제는 황족도 화족도 다 사라져버렸지만, 어차피 재가 될 운명이라면 한껏 화려하게 스러지고 싶다. 화재를 내고 그 사죄의 뜻으로 죽다니, 그렇게 비참한 죽음은 죽어도 죽는 게 아니다. 아무튼, 좀더, 정신을 바짝 차려야 한다.

이튿날부터 나는 밭일에 힘을 쏟았다. 아랫집 농가의 나카이 씨네 딸이 가끔 도와주었다. 불을 내는 추태를 부린 뒤로 어쩐지 내 몸의 피가 검붉게 변한 것 같았다. 전에는 내 가슴에 고약한 살무사가 살았고, 이번에는 핏빛까지 조금 바뀌어, 점점 야생의 시골 처녀가 되어가는 것 같았다. 그래서인지 어머니와 툇마루에서 뜨개질을 하다 보면, 괜스레 불편하고 답답해서, 차라리 밭에 나가 밭을 일구는 게 속 편했다.

육체노동, 이라고나 할까? 이런 힘쓰는 일이 처음은 아니다. 나는 전쟁 때 징용되어 달구질을 해보았다. 지금 밭에서 신고 있는 작업화도 그때 군에서 배급받은 것이다. 당시 작업화라는 걸 난생처음 신어보았는데, 깜짝 놀랄 정도로 착용감이 편했다. 그걸 신고 정원을 걸으니, 새와 짐승이 맨발로 땅 위를 걸을 때의 가뿐함을 그제야 알 것 같아서, 가슴이 찌릿할 정도로 기뻤다. 전쟁 중의 즐거운 기억이라곤 오직 그것 하나뿐. 생각해보면 전쟁이란, 시시한 것이었다.

지난해에는 아무 일도 없었다.

지지난해에는 아무 일도 없었다.

그전 해에도 아무 일도 없었다.

이런 재미있는 시가 전쟁이 끝난 직후 한 신문에 실렸는데, 지금 떠올려봐도 참 많은 일이 있었던 것 같으면서도, 역시나 아무 일 없었던 것 같기도 하다. 전쟁의 추억이란 건, 말하기도 듣기도 싫다. 많은 사람이 죽었음에도, 진부하고 따분하다. 하지만 난 역시 제멋대로인 걸까. 내가 징용되어 작업화를 신고 달구질을 해야 했던 때만은, 그리 진부하다고 느끼지 않는다. 고되기는 했지만, 그 달구질 덕분에 몸이 꽤 튼튼해져서, 앞으로 생활이 점점 더 궁핍해지면 달구질을 해서 살아가야겠다는 생각이 들 정도다.

전쟁이 슬슬 절망으로 치달을 무렵, 군복 비슷한 옷을 입은 사내가 니시카타초의 집으로 찾아와 내게 징용장과 노동 일정이 적힌 종이를 건넸다. 일정을 보니 바로 다음 날부터 하루걸러 다치카와 산으로 가야 했기에 나도 모르게 눈물이 흘러내렸다.

"대리인은 안 될까요?"

눈물이 멈추질 않아 흐느끼며 말했다.

"군에서 당신 앞으로 징용이 나왔으니 반드시 본인이어야 합니다."

사내는 딱 잘라 말했다.

나는 가기로 결심했다.

그다음 날에는 비가 내렸고, 우리는 다치카와 산기슭에 정렬해, 우선 장교의 설교를 들었다.

"전쟁에서는 반드시 이긴다."

라는 서두로 시작해,

"전쟁에서는 반드시 이기겠지만, 여러분이 군의 명령에 따라 일하지 않으면 작전에 지장이 생겨 오키나와와 같은 결과를 초래할 것이다. 주어진 일은 반드시 완수하길 바란다. 또한 이 산에도 첩자가 잠입했을지 모르니 아무쪼록 서로 조심하도록. 여러분도 이제부터는 군인과 마찬가지로 진지 안에 들어와 일하는 것이니, 부디 진지의 상황을 절대로 발설하지 않도록 각별히 주의하기 바란다."

라고 했다.

산에는 부옇게 비가 내리고 오백여 명의 남녀 대원들이 비를 맞고 서서 그 말을 경청했다. 대원 중에는 국민학교*에 다니는 남학생과 여학생도 섞여 있었는데, 다들 추운지 울상을 짓고 있었다. 비는 내 레인 코트를 뚫고 상의에 스며들어 속옷까지 적셨다.

그날은 진종일 삼태기를 멨는데 돌아오는 전차 안에서 눈물이 나서 혼났다. 그 다음번에 갔을 때는 달구질 줄 당기기를 했다. 나는 그 일이 가장 재미있었다.

두 번, 세 번, 산에 다니는 사이, 국민학교 남학생들이 나를 불쾌하게 빤히 쳐다보기 시작했다. 어느 날, 내가 삼태기를 메고 있는데, 남학생 두셋이 내 곁을 스쳐 지나가며, 그중 한 명이 소곤거리는 소릴 듣고는 깜짝 놀라고 말았다.

"저자가 스파이?"

---

• 1941년부터 1947년까지 있었던 일본 소학교의 명칭. 국가주의적 국민교육을 목표로 했다.

"왜 저런 말을 하는 거죠?"

나는 나와 나란히 삼태기를 메고 걷는 젊은 아가씨에게 물었다.

"외국 사람 같으니까요."

젊은 아가씨는 진지하게 대답했다.

"그쪽도 내가 스파이 같아요?"

"아뇨."

이번에는 조금 웃으며 대답했다.

"나, 일본인이에요."

이런 내 말이 내가 생각해도 엉뚱한 난센스 같아서 혼자 키들키들 웃었다.

화창한 어느 날, 아침부터 남자들과 함께 통나무를 나르고 있는데, 감시 당번인 젊은 장교가 얼굴을 찌푸리며 나를 가리켰다.

"어이, 거기. 이리 좀 와봐."

그러고는 성큼성큼 솔숲 쪽으로 걸어갔다. 불안과 두려움에 가슴 졸이며 따라가 보니, 그곳에는 제재소에서 막 보내온 판자가 쌓여 있었다. 장교는 그 앞까지 가서 멈추고는 나를 향해 휙 돌아서며 말했다.

"매일, 힘들죠? 오늘은 이 목재 지키는 일 좀 해주십시오."

그러고는 하얀 이를 드러내며 웃었다.

"여기 서 있으면 될까요?"

"여기는 시원하고 조용하니까, 이 판자 위에서 낮잠이라 도 자요. 만약 지루하면, 이런 거 읽으실지 모르겠지만."

그는 윗옷 주머니에서 작은 문고본을 꺼내 수줍은 듯 판 자 위에 툭 던졌다.

"이거라도 읽으십시오."

문고본에는 '트로이카'라고 적혀 있었다.

나는 그 문고본을 집어 들었다.

"고맙습니다. 저희 집에도 책 좋아하는 사람이 있어서. 지 금은 남방에 가 있지만요."

내가 그리 말하자 뭔가 착각한 모양이었다.

"아, 그래요. 당신 남편분 말이군요. 남방이라면 상당히 힘들겠어요."

하고 고개를 내저으며 조용히,

"어쨌든 오늘은 여기서 망보는 걸로 해요. 도시락은 나중 에 제가 갖다드릴 테니 푹 쉬십시오."

라는 말을 남기고 서둘러 돌아갔다.

판자에 걸터앉아 문고본을 절반 정도 읽었을 즈음, 장교가 뚜벅뚜벅 구두 소리를 내며 다가와 말했다.

"도시락 가져왔습니다. 혼자서 심심하시죠?"

그러고는 도시락을 풀밭에 내려놓고 다시 서둘러 발길을 돌렸다.

도시락을 다 먹고 이번에는 목재 위에 올라가 누워서 책을 읽었는데, 다 읽고 나서는 꾸벅꾸벅 졸기 시작했다.

눈을 뜬 건 오후 3시가 지나서였다. 나는 문득 그 젊은 장교를, 전에 어디선가 본 적이 있는 듯해서 기억을 더듬어봤지만 떠오르지 않았다. 목재에서 내려와 머리를 매만지고 있으니 다시금 뚜벅뚜벅 구두 소리가 들려왔다.

"저기, 오늘도 수고 많으셨습니다. 이제 돌아가셔도 됩니다."

나는 장교에게 달려가 문고본을 내밀었다. 고맙다는 인사를 하려다 말이 나오지 않아 가만히 장교의 얼굴을 올려다보는데, 두 눈이 마주치자 내 눈에서 눈물이 뚝뚝 흘렀다. 장교의 눈에서도 눈물이 반짝였다.

그대로 말없이 헤어졌지만, 젊은 장교는 그 후로 두 번 다시 우리가 있는 곳에 얼굴을 보이지 않았다. 나는 그날 하루

겨우 쉴 수 있었을 뿐, 그 뒤로는 역시나 하루걸러 다치카와 산에서 힘들게 일했다. 어머니는 내 몸을 몹시 걱정하셨지만, 나는 되레 튼튼해졌다. 이젠 달구질에도 자신이 붙었고, 밭일도 그리 고되지 않은 여자가 되었다.

전쟁 이야기는 말하기도 듣기도 싫다고 했으면서, 그만 내 '소중한 경험담'을 꺼내고 말았다. 하지만 전쟁의 추억 가운데 그나마 이야기하고 싶은 건 이 정도뿐이고, 나머지는 언젠가 이 시처럼,

지난해에는 아무 일도 없었다.
지지난해에는 아무 일도 없었다.
그전 해에도 아무 일도 없었다.

라고 하고 싶을 만큼, 그저 바보 같고, 내 몸에 남은 건 이 작업화 한 켤레라는 허무함뿐이다. 작업화 이야기를 하다 괜히 딴 데로 새고 말았지만, 나는 이 전쟁의 유일한 기념품이라고 할 수 있는 이 작업화를 신고, 날마다 밭에 나가 가슴속 은밀한 불안과 초조함을 달래고 있는데, 어머니는 요새 부쩍 날로 쇠약해지시는 듯하다.

뱀 알.

불.

그때부터 어머니는 눈에 띄게 병자처럼 변해갔다. 그리고 나는 반대로 점점 더 거칠고 천박한 여자가 되어가는 듯했다. 점점 어머니의 생기를 빨아들여 내 살만 찌우는 것 같아 견딜 수가 없었다.

불이 났을 때도 어머니는 어차피 태울 장작이었다며 농담하셨을 뿐, 그 후로 그 일에 대해서는 한마디도 꺼내지 않으시며 오히려 나를 위로하셨지만, 어머니가 실제로 받은 충격은 나보다도 열 배는 더 컸을 것이다. 그 화재가 있고 나서, 어머니는 한밤중에 종종 신음을 흘리시거나, 또 바람이 많이 부는 밤이면 화장실에 가는 척하면서 몇 번이고 잠자리에서 빠져나와 집 안을 살피셨다. 늘 안색이 안 좋고, 걷는 일조차 힘겨워 보이는 날도 있었다. 전에 한번은 어머니가 밭일을 돕고 싶다고 하시기에 내가 그만두라고 했는데도, 기어이 큰 통으로 우물물을 길어다 밭에 대여섯 번 나르시다가, 다음 날 숨도 쉴 수 없을 만큼 어깨가 뻐근하다며 온종일 자리에 누워 계시기도 했다. 그런 일이 있은 뒤로는 밭일은 이제 포기하셨는지, 종종 밭에 나와도 내가 일하는 모습을 그저 가만히 지켜보고 계실 뿐이다.

"여름꽃을 좋아하는 사람은 여름에 죽는다는데, 정말일까?"

오늘도 어머니는 내가 밭일하는 모습을 지켜보다가 불쑥 그런 말씀을 하셨다. 나는 말없이 가지에 물을 주고 있었다. 아아, 그러고 보니 벌써 초여름이다.

"난 자귀나무 꽃이 좋은데, 이 정원엔 한 그루도 없구나."

어머니는 다시 차분히 말씀하셨다.

"대신 협죽도가 많잖아요."

나는 일부러 퉁명스럽게 말했다.

"그건 싫어. 여름꽃이야 거의 다 좋지만, 그건 너무 왈가닥 같아."

"전 장미가 좋아요. 근데 그건 사계절 내내 피잖아요. 그럼 장미 좋아하는 사람은 봄에 죽고, 여름에 죽고, 가을에 죽고, 겨울에 죽고, 네 번이나 죽어야 하나요?"

우리 둘은 웃었다.

"잠깐 쉴까?"

어머니는 또 웃으시며 말씀하셨다. "오늘은 가즈코와 상의할 게 좀 있어."

"뭔데요? 죽는 얘기라면 딱 질색이에요."

나는 어머니 뒤를 따라 등나무 아래 의자에 나란히 앉았다. 등꽃은 어느덧 다 저물고, 부드러운 오후의 햇살이 그 잎을 통과해 우리 무릎 위로 떨어져, 초록빛으로 물들였다.

"전부터 하려던 말인데, 서로 기분 좋을 때 이야기하려고 오늘까지 기회를 살폈어. 어차피 좋은 이야기는 아니니까. 하지만 오늘은 왠지 나도 술술 이야기할 수 있을 것 같구나. 그러니 너도 그냥 참고 끝까지 들어주렴. 사실, 나오지는 살아 있단다."

나는 몸이 딱딱하게 굳었다.

"대엿새 전에 와다 외삼촌한테서 들은 소식이야. 외삼촌 회사에서 전에 근무했던 분이 최근에 남방에서 귀환해 외삼촌께 인사를 드리러 왔다는구나. 그때 이런저런 이야기를 나눴는데, 알고 보니 나오지와 같은 부대라는 거야. 나오지도 무사히 곧 돌아올 거래. 그런데, 한 가지 안 좋은 소식이 있는데, 그분 말이 나오지가 심각한 아편중독 같다고……"

"또!"

나는 쓴 것이라도 먹은 양 입이 일그러졌다. 나오지는 고등학교 때, 어느 소설가 흉내를 내다가 마약에 중독된 적이 있다. 그 때문에 약국에 무서운 액수의 빚을 졌고, 어머니는 그 빚을 전부 갚는 데 2년이나 걸렸다.

"그래. 다시 시작했나 봐. 하지만 중독이 다 낫기 전에는 귀환도 허락되지 않을 테니, 꼭 고쳐서 올 거라고 그분이 말했다는구나. 외삼촌 편지에는 나오지가 고쳐서 돌아온대도 그런 마음가짐으로는 당장 어디서 일할 수도 없다, 지금 이 혼란한 도쿄에서 일하다간 멀쩡한 사람이라도 미칠 거다, 더구나 중독에서 막 빠져나온 반(半) 환자라면, 금방 정신이 이상해져 무슨 일을 저지를지 알 수 없다, 그러니 나오지가 돌아오면 여기 이즈의 산장으로 데려와 아무 데도 내보내지 말고 당분간 요양시키는 게 좋겠다, 라는 내용이 하나. 그리고 있잖니, 가즈코. 외삼촌이 하나 더 얘기하신 게 있어. 외삼촌 말로는 이제 우리 돈이 다 떨어졌다는구나. 지금 봉쇄다 재산세다 해서 외삼촌도 더는 우리에게 돈을 보내기가 힘드시대. 그래서 말인데, 나오지까지 돌아와 우리 셋 다 아무 일도 안 하면, 외삼촌도 생활비 대기가 너무 힘드니까, 지금부턴 가즈코의 혼처를 구하든가, 아니면 고용살이할 곳을 찾아보든가 하라는구나."

"고용살이라니, 식모요?"

"아니, 외삼촌이 말야, 저 고바마에 있는……."

어머니는 어느 황족의 성함을 대며 말씀하셨다.

"그 황족이라면, 우리와 혈연이고 그 댁 따님의 가정교사 겸해서 일하면, 가즈코가 그리 외롭고 답답하진 않을 거라고 하시더구나."

"다른 일자리는 없을까요?"

"다른 일은 가즈코한테 너무 무리일 거라고 하셨어."

"왜 무리예요? 뭐가 무리라는 거죠?"

어머니는 쓸쓸한 미소를 지을 뿐, 아무 대답도 하지 않으셨다.

"싫어요! 그런 얘기."

스스로 생각해도 괜한 말을 지껄였구나 싶었다. 하지만 멈출 수가 없었다.

"내가 이런 작업화를, 이런 작업화를!"

말하다 눈물이 나와 그만 목놓아 울어버렸다. 얼굴을 들어 손등으로 눈물을 훔쳐내며, 어머니께 이러면 안 돼, 그만 해야 해, 하면서도 무의식적으로, 내 뜻과는 전혀 무관한 말들이 쏟아져 나왔다.

"언젠가 그러셨잖아요. 가즈코가 있으니까, 가즈코가 있어줘서 어머니가 이즈로 가는 거라고. 가즈코가 없으면 죽을 거라고 하셨잖아요. 그래서 전 아무 데도 안 가고, 어머니 곁에서, 이렇게 작업화를 신고 어머니께 맛있는 채소를 드리고 싶다는 생각뿐인데. 나오지가 돌아온다니까 갑자기 제가 귀찮아지신 거죠? 그렇다고 황족의 식모로 보내다니, 정말 너무해요!"

스스로도 도가 지나쳤다고 생각했지만, 말이 별개의 생물처럼, 도무지 멈추질 않았다.

"가난해서 돈이 떨어지면 우리 옷이라도 갖다 팔면 되잖아요. 이 집도 팔아버리면 되잖아요. 전 뭐든 다 할 수 있어요. 이 마을 사무소 직원이든, 뭐든요. 사무소에서 써주질 않는다면 달구질이라도 할 수 있어요. 가난 따위 아무것도 아니에요. 어머니만 저를 사랑해준다면, 평생 어머니 곁에 있겠다고 다짐했는데, 어머니는 저보다 나오지가 더 좋은 거예요. 나갈게요. 나가겠어요. 어차피 나랑 나오지는 옛날부터 안 맞았어요. 셋이 함께 살아봤자 서로 불행할 게 뻔해요. 지금껏 오랜 시간 어머니와 둘이 지냈으니 더 바랄 것도 없어요. 앞으로 저 없이 나오지랑 오붓하게 살면서 효도 많

이 받으시면 되겠네요. 전 이제 싫어졌어요. 다 지긋지긋해
요. 나갈게요. 오늘 당장 나가겠어요. 전 갈 데가 있어요."

나는 일어섰다.

"가즈코!"

어머니는 엄하게 나를 부르며, 일찍이 내게 보인 적 없는
엄숙한 얼굴로 자리에서 벌떡 일어나 나와 마주 섰는데, 나
보다 키가 조금 더 큰 것 같았다.

나는 죄송하다고 당장이라도 사과하고 싶었지만, 그 말
이 도저히 입 밖으로 나오지 않고 되레 엉뚱한 말이 튀어나
왔다.

"속인 거예요. 어머닌 저를 속이셨어요. 나오지가 올 때까
지 저를 이용한 거라고요. 저는 어머니의 하녀였어요. 이제
볼 일 다 봤으니 황족에게 가라는 거잖아요."

나는 선 채로 엉엉 하염없이 울었다.

"너 바보구나."

어머니의 낮은 음성은 분노로 떨리고 있었다.

나는 고개를 들고 말했다.

"그래요, 바보예요. 바보라서 속은 거예요. 바보니까 귀찮
아지신 거죠? 없는 게 낫겠죠? 가난이 뭐예요? 돈이 뭐죠?

전 모르겠어요. 애정, 어머니의 애정, 전 그것만 믿고 살아
왔어요."

바보처럼 또 쓸데없는 말을 지껄였다.

어머니는 휙 고개를 돌렸다. 우시는 것이다. 나는, 죄송해
요, 하며 어머니 품에 안기고 싶었지만, 밭일로 더러워진 손
이 조금 걸렸다. 괜스레 더 시치미를 떼며,

"저만 없어지면 되는 거죠? 나갈게요. 전 갈 데가 있어요."

라는 말을 내뱉고는 욕실로 달려갔다. 흐느끼며 세수를
하고 손발을 씻은 뒤, 방에 가서 외출복을 갈아입으며 또다
시 큰 소리로 엉엉 울다가, 맘껏 울고 싶어져 2층 방으로 뛰
어 올라가서 침대에 몸을 던지고 담요를 푹 뒤집어쓴 채 수
척해질 정도로 마구 울어댔다. 그러다 보니 어느 순간 정신
이 몽롱해지면서, 차츰 어떤 사람이 너무 그리워져 보고 싶
고 목소리를 듣고 싶어 참을 수가 없었다. 두 발바닥에 뜨거
운 뜸을 꾹 참고 있는 듯한, 묘한 기분이었다.

저녁 무렵, 어머니는 조용히 2층 방으로 들어와 전등을
켜고 침대 쪽으로 다가오셔서는,

"가즈코."

하고 무척 다정하게 부르셨다.

"네."

나는 일어나 침대에 앉아 양손으로 머리를 쓸어올리며 어머니의 얼굴을 보고 후후, 웃었다.

어머니도 희미하게 웃으셨다. 그러고는 창 밑 소파에 깊숙이 몸을 파묻었다.

"나, 태어나 처음으로 와다 외삼촌의 말을 거슬렀어. ……엄만, 방금 외삼촌께 답장을 썼단다. 내 아이들 일은 내게 맡기라고. 가즈코, 옷가지를 팔자. 우리 둘 옷을 다 팔아서 맘껏 사치스럽게 살아보자. 더는 네게 밭일 따위 시키고 싶지 않아. 비싼 채소를 사면 되잖니? 그렇게 매일 밭일을 하는 건 너한테 무리야."

솔직히 나도 매일 하는 밭일이 조금씩 힘들어지던 참이었다. 아까 그렇게 미친 듯 울부짖었던 것도, 밭일의 고단함과 슬픔이 뒤섞여 모든 게 원망스럽고 싫었기 때문이다.

나는 침대 위에서 고개를 숙인 채 잠자코 있었다.

"가즈코."

"네."

"갈 데가 있다더니, 어디니?"

나는 목덜미까지 빨개진 것을 느꼈다.

"호소다 씨?"

나는 잠자코 있었다.

어머니는 깊게 한숨 지으며 말씀하셨다.

"옛날 얘기 꺼내도 될까?"

"네."

나는 작은 소리로 말했다.

"네가 야마키 씨 집에서 나와, 니시카타초의 집으로 돌아
왔을 때, 엄만 널 나무라지 않았어. 근데 딱 한 마디, '엄만
너한테 배신당했어.'라고 했지. 기억나니? 그랬더니 넌 울
음을 터뜨렸고, ……나도 배신이라는 말이 너무 심했나 싶
었는데……."

하지만 나는 그때 어머니의 그 말이, 어쩐지 고맙고 기뻐
서 울었었다.

"엄마가 그때 배신당했다고 한 건, 네가 야마키 씨 집을
나와서가 아니었어. 야마키 씨한테서, 사실 가즈코는 호소
다와 애인 사이였습니다, 라는 말을 들어서야. 그 말을 들었
을 때 정말 내 낯빛이 싹 바뀌는 게 느껴지더구나. 하지만
호소다 씨에게는 이미 오래전부터 부인과 아이가 있어서,
아무리 네가 좋아한다 해도 어쩔 수 없는 일이었고……."

사
양                                                                                    63

"애인 사이라니, 무슨 그런……. 그건 그냥 야마키 씨가 넘겨짚었던 것뿐이에요."

"그래? 설마하니 아직도 호소다 씨를 생각하는 건 아니겠지? 가려던 곳이 어디니?"

"호소다 씨는 아녜요."

"그래? 그럼 어디?"

"어머니, 제가 요즘 생각한 게 있어요. 인간이 다른 동물들과 다른 점은 뭘까. 언어도 지혜도 생각도 사회 질서도, 각기 정도의 차이는 있어도 다른 동물들도 모두 가지고 있잖아요. 어쩌면 신앙도 가지고 있을지 몰라요. 인간은 만물의 영장이라고 으스대지만, 다른 동물과 본질적인 차이는 하나도 없는 것 같아요. 그런데 어머니, 딱 하나 있어요. 모르시겠죠? 다른 생물에게는 절대로 없고 인간에게만 있는 것. 그건, 바로 비밀이라는 거예요. 어때요?"

어머니는 살며시 얼굴을 붉히며 아름답게 웃으셨다.

"아, 가즈코의 그 비밀이, 좋은 결실을 맺는다면 좋을 텐데. 엄만 매일 아침, 아버지께 가즈코의 행복을 빌고 있단다."

내 가슴에 문득, 아버지와 나스노를 드라이브하다가 내

려서 본, 가을 들판의 풍경이 떠올랐다. 싸리꽃, 패랭이꽃, 용담, 여랑화 등의 가을꽃들이 피어 있었다. 머루 열매는 아직 푸르스름했다.

그리고 아버지와 비와 호수에서 모터보트를 탈 때는 내가 물에 뛰어들었다. 수초에 사는 작은 물고기가 내 다리에 닿고, 내 다리의 그림자가 호수 바닥에 선명하게 비쳐 흔들리던 그 장면들이, 앞뒤 아무런 연관도 없이 문득 가슴에 떠올랐다 사라졌다.

나는 침대에서 미끄러져 내려와 어머니의 무릎을 껴안으며 그제야 말했다.

"어머니, 아깐 죄송했어요."

생각해보면, 그 무렵이 우리 행복의 마지막 불빛이 반짝이던 때였다. 우리의 진짜 지옥은 나오지가 남방에서 돌아오고 나서 시작되었다.

# 3

아무래도, 이젠 도저히 살아 있을 수 없을 것만 같은 초조함. 이런 게 바로 불안이라는 감정일까. 가슴에 고통의 파도가 몰아쳐, 마치 소나기가 그친 하늘에 흰 구름이 황망히 물러가듯, 내 심장을 죄었다 풀었다 하며, 맥박을 흐트러지게 하고 호흡을 얕아지게 하고 눈앞을 어른어른하게 했다. 온몸의 힘이 손가락 끝에서 쑥 빠져나가는 느낌이 들어서 더는 뜨개질을 계속할 수 없었다.

요즘은 비가 우울하게 연일 내려 뭘 해도 마음이 가라앉았다. 오늘은 툇마루에 등의자를 내놓고, 올봄에 뜨다 만 스웨터를 다시 떠볼 마음이 들었다. 엷은 모란 빛의 흐릿한 털실인데, 여기에 코발트블루색 실을 더해 떠볼 생각이다. 이 옅은 모란 빛 털실은 지금으로부터 벌써 스무 해 전, 내가 아직 초등과에 다니던 시절, 어머니가 내 목도리를 짜준 털실이었다. 목도리 끝이 모자처럼 되어 있어서 그걸 쓰고 거울을 들여다보면 꼭 작은 도깨비 같았다. 더구나 친구들의 목도리 색과 너무 달라서 무척 싫었다. 간사이 지역의 고액 납세자 집안의 친구가 "목도리 멋지구나." 하고 어른스러운 말투로 칭찬해주었지만, 나는 더욱더 창피해져서, 그 후로는 한 번도 이 목도리를 하지 않고 오랫동안 처박아 두었다. 그것을 올봄에 묵혀 둔 물건의 부활이라는 의미에서, 실을 풀어내 스웨터를 만들 생각으로 뜨기 시작했지만, 아무래도 이 흐릿한 색이 탐탁지 않아 또다시 처박아 두었다가, 오늘은 너무 무료해서 문득 꺼내어 곰지락곰지락 떴다. 하지만 뜨개질을 하는 동안, 나는 이 옅은 모란 빛 털실과 잿빛 하늘이 하나로 녹아들어 뭐라 형언할 수 없을 만큼 부드럽고 은은한 색조를 빚어내고 있음을 깨달았다. 난 몰랐다. 옷은 하늘빛과의 조화를 고려해야 한다는 중요한 사실을. 조화란 이 얼마나 아름답고 멋진 것인가! 나는 적잖이 놀라서 멍해졌다. 비 내리는 잿빛 하늘과 옅은 모란 빛 털실, 이

둘을 조합하면 두 쪽 다 생기가 돌아 신기하다. 손에 든 털실이 갑자기 포근해지고, 비 내리는 차가운 하늘도 벨벳처럼 부드럽게 느껴진다. 모네의 그림 〈안개 속 사원〉을 떠올리게 한다. 나는 이 털실 색깔을 통해 비로소 '구'*라는 것을 알게 된 듯하다. 고상한 취향. 어머니는 눈 내리는 겨울 하늘에 이 옅은 모란 빛이 얼마나 아름답게 어울리는지 잘 알고 부러 생각해서 골라주신 건데, 나는 바보처럼 싫다고나 하고, 그런데도 어린 내게 강요하지 않으시고 내가 하고 싶은 내버려 둔 어머니. 내가 이 색깔의 아름다움을 진정으로 깨달을 때까지 스무 해 동안이나 이 색에 대해 한마디 설명도 없이 잠자코 모른 척 기다린 어머니. 좋은 어머니라는 생각이 드는 동시에, 이렇게 좋은 어머니를 나와 나오지와 둘이서 못살게 굴고 힘들게 하고 쇠약하게 만들어 끝내 죽음으로 몰아가는 건 아닐까, 문득 참을 수 없는 공포와 근심의 구름이 가슴에 뭉게뭉게 피어올랐다. 이러저러한 생각을 거듭하면 할수록 앞으로 너무나 무섭고 안 좋은 일들만 벌어질 것 같은 예감이 들어, 이젠 도저히 살아갈 수 없을 정도로 불안해져 손끝의 힘이 빠져나갔다. 뜨개바늘을 무릎

* goût. 취향, 안목, 미각, (예술적) 소양 등을 뜻하는 프랑스어.

에 놓고 크게 한숨 짓고는 고개를 들어 눈을 감으며 무심코,

"어머니."

하고 불렀다.

어머니는 방 한쪽에 있는 책상에 기대어 책을 읽고 계시다가,

"응?"

하고 의아하다는 듯 대답하셨다.

나는 당황해서 더욱더 큰 소리로 말했다.

"드디어 장미가 폈어요. 어머닌 아셨어요? 전 이제 알았는데. 드디어 폈네요."

툇마루 바로 앞 장미. 와다 외삼촌이 오래전, 프랑스인지 영국인지 가물가물하지만, 아무튼 먼 곳에서 가져온 장미로, 두세 달 전에 외삼촌이 이 산장 정원에 옮겨 심어주셨다. 오늘 아침, 마침내 한 송이가 핀 것을 나는 이미 알고 있었지만, 멋쩍음을 감추려고 방금 알았다는 양 호들갑을 떤 것이다. 꽃은 짙은 자줏빛에, 의연한 오만과 강함을 띠고 있었다.

"알고 있었어."

어머니는 조용히 말씀하셨다.

"너한테는 그런 게 아주 중대한 일인가 보구나."

"그럴지도 모르죠. 가여워요?"

"아니, 네게 그런 점이 있다고 말한 것뿐이야. 부엌 성냥 갑에 르누아르 그림을 붙이거나 인형 손인형 손수건 만드는 걸 좋아하잖아. 정원 장미만 해도 그렇고, 네 말을 듣고 있으면 살아 있는 사람을 말하는 것 같아."

"애가 없으니까요."

나조차 전혀 생각지 못했던 말이 입에서 튀어나왔다. 말해놓고는 깜짝 놀라 머쓱해서 무릎 위 뜨개질을 만지작거리고 있자,

—스물아홉이니까.

라는 남자의 목소리가, 전화기에서 흘러나올 법한 낯간지러운 저음으로 또렷이 들리는 것 같았다. 부끄러워 뺨이 타들어 가듯 뜨거워졌다.

어머니는 아무 말 없이, 다시 책을 읽으셨다. 어머니는 얼마 전부터 가제 마스크를 하고 계셔서인지 요즘 부쩍 말수가 줄어드셨다. 그 마스크는 나오지의 권유로 하게 된 것이다. 나오지는 열흘 전쯤, 남방의 섬에서 검푸른 낯빛이 되어 돌아왔다.

아무런 예고도 없이, 여름날 저물녘에 뒷문을 통해 정원

으로 들어와서는 말했다.

"와! 너무하네. 뭐 이런 악취미 집이 있나. 어서 오십쇼! 슈마이* 있어요, 라고 써 붙이지 그래?"

나와 마주쳤을 때 나오지가 건넨 첫인사였다.

2, 3일 전부터 어머니는 혀가 아파 누워 계셨다. 혀끝이 걸보기에는 아무렇지도 않은데, 움직이면 아프다며, 식사도 묽은 죽만 드셨다. 의사 선생님께 진찰을 받아보는 게 어떻겠냐 말씀드려도 고개를 내저으며,

"웃으실 거야."

하고 쓴웃음을 지으셨다. 루골액을 발라 드렸지만, 별 효과가 없는 것 같아 괜히 초조해졌다.

그러던 참에 나오지가 돌아온 것이다.

나오지는 어머니 머리맡에 앉아, 다녀왔습니다, 하며 큰 절을 올리고는, 곧바로 일어나 작은 집 안을 이리저리 둘러보았고, 나는 그 뒤를 따라 걸었다.

"어때? 어머니 좀 변하신 것 같니?"

"변하셨고말고. 너무 야위셨네. 빨리 돌아가시는 게 낫겠어. 이런 세상에서 어머니 같은 분이 어떻게 사냐. 너무 비

----

• 찐만두의 일종으로 중국 전통 음식.

참해서 못 봐주겠다."

"나는?"

"천박해졌어. 남정네 두셋은 끼고 앉았을 낯짝이야. 술 있어? 오늘 밤 한잔하게."

나는 이 마을에 하나뿐인 객점으로 가서 오사키 주인아주머니께 동생이 돌아왔으니 술을 좀 나눠주십사 부탁했는데, 하필 술이 지금 똑 떨어졌다고 하셨다. 나오지에게 그리 전하니, 나오지는 생판 모르는 다른 사람 같은 얼굴로, 쳇, 교섭이 형편없네, 하며 내게 객점 위치를 묻고는, 게다를 신고 뛰쳐나가 감감무소식이었다. 나는 나오지가 좋아했던 사과 구이와 달걀 요리를 만들고, 식당 전구도 밝은 것으로 갈아 끼운 뒤 한참을 기다리는데, 오사키 아주머니가 부엌문으로 얼굴을 쑥 내밀고는,

"저기, 괜찮을까요? 소주 마시고 있는데."

하며 예의 그 잉어처럼 댕그란 눈을 더욱 크게 뜨고 큰일이라도 난 것처럼 낮은 목소리로 말했다. "소주라뇨? 메틸 알코올?"

"아뇨, 메틸은 아니고."

"마셔도 괜찮은 거죠?"

"네, 그래도……."

"마시게 놔두세요."

오사키 아주머니는 침을 삼키듯 고개를 끄덕이고 돌아갔다.

나는 어머니께 가서,

"오사키 아주머니 댁에서 술 마시고 있대요."

하고 말씀드리니, 어머니는 입을 살짝 일그러뜨리며 웃으셨다.

"그래, 아편은 안 하겠지? 넌 식사하렴. 그리고 오늘 밤은 셋이 이 방에서 자자. 나오지 이불을 가운데다 펴고."

나는 울고 싶어졌다.

깊은 밤, 나오지는 거친 발소리를 내며 돌아왔다. 우리 셋은 한 모기장에 들어가 잠자리에 들었다.

"남방 이야기 좀 어머니께 들려드려."

내가 누워서 말했다.

"없어. 아무것도. 다 까먹었어. 일본에 도착해서 기차를 탔는데, 차창 밖으로 보이는 논이 엄청 아름답더라. 끝. 불 좀 꺼. 잠 좀 자자."

나는 전등을 껐다. 여름 달빛이 홍수처럼 모기장 안에 흘러넘쳤다.

다음 날 아침, 나오지는 이부자리에 배를 깔고 누워 담배를 태우며 먼바다를 바라보았다.

"혀가 아프시다고요?"

그제야 어머니가 편찮으신 걸 알았다는 투로 말했다.

어머니는 그저 희미하게 웃으셨다.

"그건 분명 심리적인 거예요. 밤에 입 벌리고 주무시죠? 아, 흉해. 마스크 하세요. 거즈에 리바놀액이라도 묻혀서 마스크 속에 넣어두면 좋을 거예요."

나는 그 말을 듣고 웃음을 터뜨렸다.

"그게 무슨 요법인데?"

"미학 요법이라는 거야."

"하지만 어머닌 마스크 같은 건 거추장스러워하셔."

어머니는 마스크뿐만 아니라 안대나 안경처럼 얼굴에 뭔가 걸치는 것을 몹시 싫어하셨다.

"저, 어머니. 마스크 하시겠어요?"

내가 여쭈자,

"할게."

하고 낮은 소리로 진지하게 말씀하셔서 나는 적잖이 놀

랐다. 나오지의 말이라면 뭐든 믿고 따를 생각이신가 보다.

아침 식사 후, 아까 나오지가 말한 대로, 내가 거즈에 리바놀액을 묻혀 마스크를 만들어 어머니께 갖다 드리자, 어머니는 말없이 받아들고 누워 마스크 끈을 순순히 두 귀에 거셨다. 그 모습이 어린 여자아이 같아서 슬펐다.

정오가 지나 나오지는 도쿄에 있는 친구와 문학계 스승을 만나야 한다며 양복으로 갈아입고, 어머니께 2천 엔을 받아들고 도쿄로 가버렸다. 그 후로 벌써 열흘 가까이 흘렀건만, 나오지는 돌아오지 않았다. 그리고 어머니는 매일 마스크를 하고 나오지를 기다리신다.

"리바놀 말이야. 용한 약이구나. 이 마스크를 쓰고 있으면 혀가 안 아파."

웃으며 말씀하시지만, 난 아무래도 어머니가 거짓말을 하고 계신다는 생각이 든다. 이젠 괜찮다며 지금은 일어나 계시지만, 식욕은 여전히 없으신 모양이고, 말수도 부쩍 줄어 걱정스러웠다. 나오지는 대체 도쿄에서 뭘 하고 있을까, 우에하라 씬가 하는 그 소설가와 도쿄 한복판을 누비며, 도쿄의 광기 어린 소용돌이에 휘말려 있을 게 틀림없다, 그렇게 생각하면 할수록 고통스러워, 어머니께 쓸데없이 장미

얘기를 꺼내질 않나, 아이가 없으니까요, 하고 나조차 전혀 생각지 못한 이상한 소리를 내뱉어, 결국 이상하게 흘러가고 말았다.

"아."

하며 일어섰지만 아무 데도 갈 곳이 없었다. 내 몸 하나 가누질 못해 휘청휘청 계단을 올라 2층 방으로 들어갔다.

이곳은 이제 나오지의 방이 될 것이다. 네댓새 진에 어머니와 의논해서, 아랫집 농가의 나카이 씨께 부탁해, 나오지의 옷장과 책상, 책장, 그리고 장서와 노트 등이 가득 담긴 나무상자 대여섯 개, 아무튼 옛날 니시카타초의 집에서 나오지 방에 있던 물건들을 전부 여기로 옮겨 왔다. 조만간 나오지가 도쿄에서 돌아오면, 나오지가 원하는 위치에 옷장이며 책장 등을 배치하기로 하고, 그때까지는 좀 어수선해도 이대로 두는 게 좋을 것 같아서 그냥 뒀더니, 발 디딜 틈이 없을 정도로 방이 너저분했다. 나는 무심코 발치의 나무 상자에서 나오지의 노트 한 권을 꺼내 들었다. 노트 표지에는 '박꽃 일기'라고 쓰여 있고, 그 속에는 다음과 같은 글이 빼곡하게, 어지러이 적혀 있었다. 나오지가 마약중독으로 괴로워하던 시절의 수기 같았다.

불에 타 죽을 것 같은 심정. 괴로워도 괴롭다고 일언반구 외치지도 못하고, 예부터 지금까지 한 번도 있어 본 적 없는, 인간 세상이 시작된 이래, 전례 없고 끝없는 이 지옥의 기분을 부정하려 하지 마라.

사상? 거짓이다. 주의? 거짓이다. 이상? 거짓이다. 질서? 거짓이다. 성실? 진리? 순수? 죄다 거짓이다. 우시지마의 등나무는 수령이 천 년이고, 유우야의 등나무는 수백 년이라는데, 그 꽃술도 전자는 최장 아홉 자, 후자는 다섯 자 남짓이라 하니, 오직 그 꽃술에만 가슴이 뛴다.

저것도 인간의 자식. 살아 있다.

논리는, 말하자면 논리에 대한 사랑이다. 살아 있는 인간에 대한 사랑이 아니다.

돈과 여자. 논리는 부끄러움에 허겁지겁 사라진다.

역사, 철학, 교육, 종교, 법률, 정치, 경제, 사회, 그따위 학문보다 한 처녀의 미소가 더 고귀하다는 파우스트 박사의 용감한 실증.

학문이란 허영의 또 다른 이름이다. 인간이, 인간이 아니되고자 하는 노력이다.

괴테에게도 맹세할 수 있다. 나는 진짜 잘 쓸 자신 있습니다. 한 편의 구성은 치밀하게, 적당한 골계, 독자의 눈시울을 뜨겁게 하는 비애 혹은 숙연함, 소위 옷깃을 여미게 하는 완벽한 소설, 낭랑하게 소리 내어 읽으면, 이게 바로 스크린 같은 설명일까. 부끄러워서 쓸 수가 없다. 애당초 그런 걸작 의식은 치사하단 말이다. 소설을 읽고 옷깃을 여미다니 미치광이 짓이다. 그럴 거면 차라리 하오리 하카마를 입어야지. 좋은 작품일수록 점잔 빼지 않는 법이다. 나는 친구의 즐거운 미소를 보고 싶은 마음에, 한 편의 소설을 일부러 엉망진창으로 써서 엉덩방아를 찧고 머리를 긁적이며 도망간다. 아아, 그때 친구의 기뻐하는 얼굴이란!

글이 서툴고 어리숙한 모습으로 장난감 나팔을 불며 말씀 올리옵니다, 여기 일본 제일의 바보가 있습니다, 당신은 아직 괜찮은 편이에요, 건재하시길! 하고 바라는 애정은, 이건 대체 무엇일까.

친구는 의기양양한 얼굴로, 저게 그 녀석의 나쁜 버릇이지, 아까워, 라고 술회한다. 사랑받고 있음을 모른다.

불량하지 않은 인간이 있을까?

시시한 상념.

돈을 원한다.

그렇지 않으면,

자다가 자연사!

 

약국에 천 엔 정도의 빚이 있다. 오늘, 전당포 지배인을 몰래 집으로 끌어들여 내 방으로 데려와, 이 방에 돈 될 만한 물건이 있으면 가져가, 급전이 필요해, 라고 하자, 지배인은 방 안을 제대로 둘러보지도 않고 관둬요, 당신 것도 아니면서, 하고 구시렁거렸다. 좋아, 그럼 내가 지금껏 내 용돈으로 산 것만 가져가, 하고 기세등등하게 말했지만, 어디서 긁어모은 잡동사니뿐, 전당포에 맡길 만한 물건은 하나도 없었다.

우선 손 하나만 달린 석고상. 이건 비너스의 오른손. 달리아꽃을 닮은 손. 새하얀 손. 그저 받침대 위에 놓인 손에 불과하다. 하지만 찬찬히 뜯어보면, 이것은 비너스가 자신의 전라를 남자에게 들킨 나머지 화들짝 놀라, 부끄러워하며 연지색으로 달아오른 몸을 비틀면서 나온 손놀림이다. 그런 비너스의 숨 막힐 듯한 나체의 부끄러움을, 지문도 없고 한 줄 손금도 없는 순백의 가냘픈 오른손에, 보는 이로 하여금 가슴이 아플 만큼 애처로이 깃들어 있음을 알 수 있으리라. 하지만 이건 이른바 실용성 없는 잡동사니. 지배인은 50전으로 값을 매겼다.

그 밖에는 파리 근교의 대형 지도, 지름이 한 자나 되는 셀룰로이드 팽이, 글씨를 실보다 가늘게 쓸 수 있는 특제 펜촉, 다들 진귀해서 산 물건들뿐인데, 지배인은 웃으며 그만 가보겠습니다, 한다. 삼간! 하고 만류하다가 결국 또 책을 산더미처럼 지배인에게 떠안기고 5엔을 받았다. 내 책장의 책이라 봤자 대부분 값싼 문고본들뿐이고, 그것도 헌책방에서 사들인 물건이라 이다지도 싸게 매긴 것이다.

천 엔 빚을 해결해야 하는데, 5엔이라니. 세상에서의 내 실력은 대강 이 정도. 웃을 일이 아니다.


데카당?* 하지만 이렇게라도 하지 않으면 살 수가 없단 말이야. 그런 말로 나를 비난하는 사람보다는, 죽어버려! 라고 말해주는 이가 더 고맙다. 속 시원하다. 하지만 인간은 거의 죽어버려! 라고 말하지 않는다. 인색하고 조심성 많은 위선자들이다.

● 퇴폐와 타락을 뜻한다.

정의? 소위 계급투쟁의 본질은 그런 데 있지 않다. 인간의 도리? 웃기지 마. 난 안다. 자신들의 행복을 위해 상대를 쓰러뜨리는 것이다. 죽이는 것이다. 죽어버려! 라는 선고가 아니면 뭐란 말인가. 속이지 마라.

그러나 우리 계급에도 변변한 놈이 없다. 백치, 유령, 수전노, 미친개, 허풍쟁이, 젠체하는 놈, 구름 위에서 오줌.

죽어버려! 라는 말조차 아깝다.


전쟁. 일본의 전쟁은 자포자기다.

자포자기에 휩쓸려 죽는 건 싫다. 차라리 혼자서 죽고 싶다.


인간은 거짓말을 할 때면 마땅히 진지한 표정을 짓기 마련이다. 요즘 지도자들의 진정성이란. 풋!


타인에게 존경받으려 '애쓰지 않는' 사람들과 어울리고 싶다.

하지만 그런 좋은 사람들은 나와 놀아주지 않는다.

내가 조숙한 척하자 사람들은 나를 조숙하다고 수군거렸다. 내가 게으름뱅이인 척하자 사람들은 나를 게으름뱅이라고 수군거렸다. 내가 소설을 못 쓰는 척하자 사람들은 나를 못 쓴다고 수군거렸다. 내가 거짓말쟁이인 척하자 사람들은 나를 거짓말쟁이라고 수군거렸다. 내가 부자인 척하자 사람들은 나를 부자라고 수군거렸다. 내가 냉담한 척하자 사람들은 나를 냉담한 놈이라고 수군거렸다. 하지만 내가 정말로 괴로워서 나도 모르게 신음했을 때, 사람들은 내가 괴로운 척한다고 수군거렸다.

어쩐지 자꾸만 어긋난다.

결국, 자살하는 수밖에 도리가 없지 않은가.

아무리 괴로워한들, 어차피 끝은 자살이구나 싶어 소리 내어 울었다.

봄날 아침, 두어 송이 꽃 핀 매화나무 가지에 아침 햇살이 들고, 그 가지에 하이델베르크의 젊은 학생이 목매달아 죽었다고 한다.

"어머니! 저 좀 혼내 주세요!"

"어떻게?"

"겁쟁이! 라고."

"그래? 겁쟁이! ……이제, 됐니?"

어머니에겐 누구와도 견줄 수 없을 만큼 좋은 점이 있다. 어머니를 생각하면 울고 싶어진다. 어머니께 사죄하기 위해서라도 죽어야 한다.


용서하세요. 지금, 딱 한 번만 용서해주세요.


해마다

눈먼

새끼 학이

잘도 자라는구나

가엾도다, 살이 올라도 (신년 작시)


모르핀 아트로몰 나르코폰 판토폰 파비날 판오핀 아트로핀

프라이드란 무엇인가, 프라이드란.

인간은, 아니, 남자는 '난 잘났다' '내겐 좋은 점이 있다'
따위를 '생각하지 않고서는' 살아갈 수 없는 존재일까?

사람을 싫어하고, 사람한테서 미움받는다.

지혜 겨루기.


엄숙=멍청함


아무튼, 살아 있으니 속이는 게 틀림없어.


돈을 빌려 달라고 요청하는 어느 편지.

"답장을.

답장을 줘요.

그리고 그것이 '꼭' '좋은 소식'이기를.

나는 온갖 굴욕을 예상하며 홀로 신음하고 있습니다.

연극을 하는 게 아닙니다. '절대로' 그렇지 않습니다.

부탁합니다.

나는 수치심에 죽을 것 같습니다.

과장이 아닙니다.

매일매일 답장을 기다리며, 밤낮으로 벌벌 떨고 있습니다.

나를 내던지지 말기를.

벽에서 숨죽인 웃음소리가 들려와, 깊은 밤, 잠자리에서 뒤척이고 있습니다.

내가, 치욕과 맞닥뜨리지 않게 해줘요.

누나!"


여기까지 읽은 나는, 박꽃 일기를 덮고 나무 상자에 다시 넣은 뒤 창 쪽으로 걸어갔다. 창문을 활짝 열고 하얀 비로 부예진 정원을 내려다보며 그때를 생각했다.

벌써 그로부터 6년이 흘렀다. 나오지의 마약중독이 내 이혼의 원인이 되었다. 아니, 그렇게 말해선 안 된다. 내 이혼은 나오지의 마약중독이 아니어도. 다른 어떤 계기로 언젠간 벌어질 일처럼, 그렇게, 내가 태어난 시점부터 이미 정해져 있던 일 같다. 나오지는 약국에 치를 돈이 궁할 때마다 툭하면 내게 돈을 요구했다. 나는 당시 야마키와 결혼한 지 얼마 안 되었을 때라, 돈을 마음대로 쓸 수 없었거니와, 또 시댁 돈을 몰래 남동생에게 융통해주는 건 도리에 어긋

사
양

85

난 짓 같기도 해서, 고향에서 나를 따라온 오세키 할멈과 상의해 내 팔찌며 목걸이, 드레스를 내다 팔았다. 동생은 내게 돈 달라는 편지를 보냈다. 지금은 괴롭고 부끄러워 누나를 볼 수도, 또 전화 통화도 할 수 없으니, 돈은 오세키를 시켜 교바시에 있는 ×가 ×번지 가야노 아파트에 사는, 누나도 이름 정도는 알고 있을 소설가 우에하라 지로 씨 댁에 전해 주세요, 우에하라 씨는 부도덕한 사람이라고 평판이 나 있지만, 결코 그런 사람이 아니니 안심하고 우에하라 씨에게 돈을 맡겨주세요, 그럼 우에하라 씨가 곧장 내게 전화로 알릴 테니 꼭 그렇게 해주세요, 난 어머니만은 이번 중독을 모르셨으면 해요, 어머니가 아시기 전에 어떻게든 이 중독을 고칠 생각입니다. 난 이번에 누나 돈을 받으면 그걸로 약국에 진 빚을 다 갚고, 시오바라의 별장으로 가 건강해진 몸으로 다시 돌아올 생각이에요, 진짜예요. 약국 빚을 다 갚으면 난 그날부로 마약은 일절 끊을 작정이에요, 하느님께 맹세해요, 믿어주세요, 어머니껜 비밀로 하고 오세키를 시켜 가야노 아파트 우에하라 씨께 전해 주세요, 이런 내용이 편지에 쓰여 있었다. 나는 나오지의 편지대로 오세키 할멈을 시켜 몰래 돈을 우에하라 씨 집에 보냈다. 하지만 동생이 편지에 쓴 맹세는 늘 거짓이었다. 시오바라 별장에 가기는커녕 약물중독만 더욱 심해졌다. 돈을 요구하는 편지의 문장도 비명에 가깝도록 처절하게, 이번에는 기필코 약을 끊고야 말겠노라, 외면하고 싶을 만큼 애절하게 맹세하기에, 역시나 거짓일지도 모른다고 생각하면서도, 결국 또 오세키 할멈을 시켜 브로치 따위를 팔아 그 돈을 우에하라 씨 아파트로 보내곤 했다.

"우에하라 씨는 어떤 분이세요?"

"왜소하고 안색이 안 좋아요. 퉁명스럽고."

오세키 할멈이 대답했다.

"근데 집에 잘 안 계시더라고요. 가보면 노상 부인이랑 예닐곱 살짜리 따님만 있어요. 부인이 그리 곱진 않은데, 상냥하고 좋은 분 같아요. 그 부인이라면 안심하고 돈을 맡길 수 있겠어요."

그 무렵의 나는, 지금의 나와 비교하면, 아니, 비교도 안 될 만큼, 완전히 딴 사람처럼 멍청하고 태평스러운 사람이었지만, 그래도 계속해서 끊임없이, 더구나 점점 더 많은 돈을 요구해오니, 너무 걱정이 되어 노*를 보고 돌아오는 길에

---

• 能, 일본의 전통 가면극.

긴자에서 자동차를 돌려보내고, 혼자 걸어서 교바시의 가야노 아파트를 찾아갔다.

우에하라 씨는 방에서 혼자 신문을 읽고 있었다. 줄무늬 겹옷에 하얀 무늬가 있는 감색 하오리를 입고 있었는데, 노인 같기도 청년 같기도 한, 이제껏 본 적 없는 짐승 같은 묘한 첫인상을 받았다.

"마누라는 애랑 방금 배급품을 받으러……."

약간 코멘소리로, 띄엄띄엄 그렇게 말했다. 나를 부인의 친구로 착각한 모양이었다. 내가 나오지의 누나라고 하자, 우에하라 씨는 흥, 하고 웃었다. 나는 왠지 섬뜩했다.

"나갈까요?"

어느새 겉옷을 걸치고 신발장에서 새 게다를 꺼내 신고서 성큼성큼, 아파트 복도를 앞서 걸었다.

밖은 초겨울의 해 질 녘. 바람이 차가웠다. 스미다강에서 불어오는 강바람 같았다. 우에하라 씨는 강바람을 거스르 듯, 오른쪽 어깨를 약간 들어 쓰키지 쪽으로 잠자코 걸어갔다. 나는 종종걸음으로 그 뒤를 따랐다.

도쿄극장 뒤쪽의 건물 지하로 들어갔다. 네댓 무리의 손님이 열 평 남짓한 좁고 기다란 방에서 제각각 탁자에 둘러

앉아 조용히 술을 마시고 있었다.

우에하라 씨는 컵에다 술을 마셨다. 그리고 내게도 다른 컵을 건네며 술을 권했다. 나는 그 컵으로 두 잔을 마셨는데 아무렇지도 않았다.

우에하라 씨는 술을 마시고 담배만 태울 뿐, 한참이나 아무 말이 없었다. 나도 잠자코 있었다. 태어나 처음 이런 곳에 와봤지만, 아주 편안하고 기분이 좋았다.

"술이라도 마시면 좋을 텐데."

"네?"

"아니, 동생 말입니다. 알코올 쪽으로 틀면 되거든요. 나도 옛날에 마약에 중독된 적이 있는데, 사람들이 날 너무 께름칙해하는 거야. 알코올도 뭐 똑같겠지만, 술에는 사람들이 의외로 관대하거든. 차라리 동생을 술꾼으로 만들어버립시다. 어때요?"

"저, 전에 술꾼 한번 본 적 있어요. 연초에 막 외출하려는데, 우리 집 운전사의 지인이 자동차 조수석에서 도깨비같이 새빨간 얼굴로 코를 골며 쿨쿨 자고 있는 거예요. 내가 너무 놀라 소리치자 운전사가, 이 녀석은 술꾼이라 어쩔 수 없어요, 하면서 차에서 끌어 내리고는 부축해서 어디론가 데려갔어요. 뼈가 없는 것처럼 축 늘어져서는 뭐라고 자꾸만 중얼거리는 거예요. 그때 술꾼을 처음 봤는데 재밌었어요."

"나도 술꾼이에요."

"네? 아니죠?"

"당신도 술꾼이고요."

"무슨 말씀이세요. 전 술꾼을 본 적만 있어요. 절대 아니에요."

우에하라 씨는 그제야 즐거운 듯 웃었다.

"그렇담 당신 동생은 술꾼이 될 수 없을지도 모르겠네요. 어쨌든 술 마시는 게 나아요. 이만 돌아가죠. 늦으면 곤란하잖아요?"

"아뇨, 괜찮아요."

"아니, 실은 내가 좀 거북해서 안 되겠어. 여기! 계산!"

"많이 비싼가요? 저도 조금은 있는데."

"그래? 그럼 계산은 당신이."

"모자랄지도 몰라요."

나는 가방 안을 들여다보고, 돈이 얼마나 있는지 우에하라 씨에게 알려주었다.

"그 정도면 2차, 3차는 더 갈 수 있겠는데. 놀리는 건가?"

우에하라 씨는 인상을 쓰고 말하더니 웃었다.

"어디서 한잔 더 하실 건가요?"

내가 묻자 진지한 얼굴로 고개를 절레절레 흔들며 말했다.

"아니, 그만 됐어. 택시 잡아줄 테니 돌아가요."

나는 지하실의 어두운 계단을 올라갔다. 한발 앞서 올라가던 우에하라 씨가 계단 중간쯤에서 몸을 획 돌려 갑자기 내게 키스했다. 나는 입술을 굳게 다문 채 그 키스를 받았다.

딱히 우에하라 씨를 좋아하는 건 아니었다. 그래도 그때부터 내겐 '비밀'이 생기고 말았다. 쿵쿵쿵, 우에하라 씨는 계단을 뛰어 올라가고, 나는 이상하고 투명한 기분이 되어 천천히 올라갔다. 밖으로 나오니 뺨에 스치는 강바람이 몹시 기분 좋았다.

우에하라 씨가 택시를 잡아주었고, 우리는 말없이 헤어졌다.

흔들리는 차 안에서, 나는 세상이 갑자기 바다처럼 넓어진 듯한 기분이 들었다.

"나, 애인 있어요."

어느 날, 나는 남편에게 싫은 소리를 듣고 쓸쓸해진 마음에 불쑥 그렇게 말했다.

"알고 있어. 호소다지? 도저히 단념이 안 돼?"

나는 입을 꾹 다물었다.

그 문제는 우리 부부에게 뭔가 껄끄러운 일이 생길 때마다 툭, 불거져 나왔다. 이젠 틀렸구나 싶었다. 드레스 옷감을 잘못 재단했을 때처럼, 이제 그 천은 이어붙일 수도 없어 전부 버리고 새 옷감으로 다시 마름질해야 한다.

"설마, 그, 배 속 아이……."

어느 날 밤, 남편이 말했을 때, 나는 너무도 무서워서 부들부들 떨었다. 지금 생각하면 나도 남편도 어렸다. 나는 연애를 몰랐다. 사랑, 조차, 알지 못했다. 나는 호소다 씨의 그림에 푹 빠져서, 그런 분의 아내가 된다면 일상이 얼마나 아름다울까, 저런 멋진 취미를 가진 분과 결혼하는 게 아니라면 결혼이란 건 무의미해, 이런 소리를 아무에게나 떠벌리고 다니는 바람에 모두에게 오해를 샀다. 그렇게 나는 연애도 사랑도 모르면서, 태연히 호소다 씨를 좋아한다는 말을 공공연히 내뱉었고, 딱히 수습하려고 하지도 않아서 일이 이상하게 꼬이고 말았다. 그 무렵 내 배 속에 잠들어 있던 작은 아기까지 의심을 사고, 누구 한 사람 이혼이란 말을 입 밖에 꺼낸 사람은 없었으나, 어느새 주위에는 어색한 공기가 감돌고 있었다. 나는 시중들던 오세키 할멈과 함께 친정 집으로 돌아왔다. 그러고서 나는 죽은 아이를 낳았고 몸져 누웠다. 야마키와는 그렇게 끝이 났다.

나오지는 내 이혼에 일말의 책임 같은 것을 느꼈는지, 죽 어버릴 거야! 하며 얼굴이 상할 정도로 엉엉 소리 내어 울었 다. 나는 동생에게 약국에 진 빚이 얼마인지 물었는데, 실로 어마어마한 액수였다. 그마저도 동생이 실제 금액을 말할 수 없어서, 거짓말을 했다. 나중에 탄로 난 실제 총액은 그 때 내게 알려준 돈의 무려 세 배나 되었다.

"나, 우에하라 씨 만났어. 좋은 분이더라. 이제부턴 우에 하라 씨와 어울려 술 마시는 게 어때? 술은 진짜 싸던데. 술 값 정도는 언제든 줄 수 있어. 약국 빚도 너무 걱정하지 말 고. 어떻게든 되겠지."

우에하라 씨를 만났고, 또 우에하라 씨를 좋은 분이라고 한 내 말이, 동생을 무척 기쁘게 한 모양인지, 나오지는 그 날 밤, 내게서 돈을 받자마자 부리나케 우에하라 씨네로 놀 러 갔다.

중독은 그야말로 정신병일지도 모른다. 내가 우에하라 씨를 칭찬하고, 또 동생에게서 우에하라 씨의 저서를 빌려 읽고서 훌륭한 분이시구나, 라고 말하자 누나 따위가 뭘 알겠느냐고 하면서도 자못 기쁜지, 그럼 이걸 읽어보라며 또 다른 우에하라 씨의 저서를 내게 줬다. 그러는 사이 나도 우에하라 씨의 소설을 열심히 읽게 되었고, 둘이서 우에하라 씨에 얽힌 이런저런 소문에 대해서 이야기했다. 거의 매일 밤, 동생은 우에하라 씨네로 우쭐대며 놀러 갔고, 차츰 우에하라 씨의 계획대로 알코올 쪽으로 틀어 가는 모양이었다. 약국 빚에 대해 내가 어머니께 넌지시 말씀드렸더니, 어머니는 한 손으로 얼굴을 가리고서 잠시 가만히 계시다가, 이윽고 얼굴을 들어 쓸쓸히 웃으시며, 고민해봤자 무슨 소용 있겠니, 몇 년이 걸릴진 모르겠지만 매달 조금씩이라도 갚아 나가자꾸나, 하셨다.

그로부터, 벌써 6년이 흘렀다.

박꽃, 아아, 동생도 괴롭겠지. 오리무중이라 무엇을 어떻게 해야 할지 아직도 전혀 모르고 있는 거다. 그저 매일 죽기 살기로 술을 마시는 것이다.

차라리 과감히 진짜 불량한 인간이 되는 건 어떨까. 그러면 동생도 오히려 편해지지 않을까.

불량하지 않은 인간이 있을까, 라고 노트에 쓰여 있었는데, 그리고 보니 나도 불량, 외삼촌도 불량, 어머니도 불량하게 느껴졌다. 불량이란, 상냥함을 이르는 건 아닐는지.

# 4

편지를 써야 하나, 어떻게 해야 하나 무척 망설였습니다. 하지만 오늘 아침, 비둘기처럼 양순하고 뱀처럼 슬기로워야 한다는 예수님의 말씀을 문득 떠올리고는 이상하게 용기가 나서 편지를 드립니다. 전 나오지의 누나입니다. 잊으셨나요? 잊으셨다면 기억해주세요.

나오지가 얼마 전에 또 큰 폐를 끼쳐드린 것 같아 정말 죄송합니다(그런데 사실 나오지의 일은 나오지가 알아서 할 일이지, 제가 먼저 사과를 드리는 건 난센스 같기도 합니다). 오늘은 나오지의 일이 아니라, 제 일로 부탁드릴 일이 있어요. 교바시의 아파트에 불이 나 지금의 거처로 옮기셨다는 소식을 나오지한테서 듣고, 도쿄 교외에 있는 댁으로 찾아뵐까도 생각했습니다만, 최근에 어머니 건강이 다시 안 좋아지셔서, 홀로 두고 상경할 수 없기에 이렇게 편지드립니다.

당신께 의논드리고 싶은 게 있어요.

저의 이 의논은 지금까지의 『여대학』* 입장에서 보면 매우 교활하고 추잡하고 악질스러운 범죄일지도 모르지만, 그래도 저는, 아니, 저희는 지금 이대로라면 도저히 살아갈 수 없을 것 같아, 동생 나오지가 이 세상에서 가장 존경하는 당신께 저의 솔직한 심정을 들려드리고, 조언을 구하고자 합니다.

전 지금의 생활을 견딜 수가 없어요. 좋고 싫음의 문제가 아니라, 도저히 이대로는 저희 세 식구가 살아갈 수 있을 것 같지 않아요.

어제도 괴로워 열이 나고 답답해서, 그런 저를 주체하지 못하고 있는데, 정오가 조금 지나 아랫집 농가의 따님이 빗속에 쌀을 짊어지고 왔어요. 그리고 전 약속대로 옷가지를 내어드렸습니다. 따님은 식당에서 저와 마주 앉아 차를 마시며 실로 현실적인 질문을 하더군요.

---

• 女大学, 일본 에도시대에 발행된 여성 교훈서.

"그렇게 물건 팔아서, 앞으로 얼마나 더 버틸 수 있을 것 같아요?"

"반년이나 1년 정도."

저는 대답한 다음, 오른손으로 얼굴을 반쯤 가리며 말했어요.

"졸려요, 너무 졸려요."

"피곤해서 그래요. 신경쇠약이라 잠이 오는 거예요."

"그런가 봐요."

눈물이 나오려는데 문득 제 가슴속에 리얼리즘이라는 말과 로맨티시즘이라는 말이 떠올랐습니다. 제게 리얼리즘은 없어요. 이런 상태로 살아갈 수 있을까, 생각하니 온몸에 한기가 느껴졌어요. 어머니는 거의 환자처럼 누웠다 일어났다 하시고, 동생은 아시다시피 마음에 깊은 병이 있어, 여기 있을 때는 소주를 마시러 근처 객점에 출근하고, 사흘에 한 번꼴은 우리 옷가지를 판 돈을 들고 도쿄로 출장을 갑니다. 그런데 이런 일로 괴로운 게 아니에요. 저는 다만 제 생명이, 이런 일상 속에서 파초 잎이 지지 않고 썩어가듯, 그 자리에 선 채로 저절로 썩어가리라는 것이 분명히 느껴져 두렵습니다. 도저히 견딜 수가 없어요. 그래서 저는 『여대학』

에 어긋나더라도 지금의 생활에서 벗어나고 싶습니다.

그래서 당신께 의논드립니다.

저는 지금 어머니와 남동생에게 분명히 선언하고 싶습니다. 제가 전부터 어떤 분을 사랑하고 있고, 앞으로 그분의 정부로 살겠노라는 생각을 확실히 전하고 싶어요. 그분은, 분명 당신도 아실 테지요. 그분 성함의 이니셜은 M.C입니다. 저는 전부터 무언가 괴로운 일이 생기면 그 M.C에게 달려가고 싶어 죽을 것만 같습니다.

M.C에게는 당신과 마찬가지로 부인과 아이가 있습니다. 저보다 훨씬 예쁘고 어린 여자친구도 있는 듯해요. 하지만 제겐 M.C에게 가는 것 말고는 살아갈 길이 없어요. 아직 M.C의 부인을 뵌 적은 없지만, 정말 상냥하고 좋은 분 같더군요. 저는 그 부인을 떠올리면 저 자신이 무서운 여자라는 생각이 듭니다. 하지만 지금 저의 생활은 그보다 더 무서워서 M.C에게 기대고픈 마음을 멈출 수가 없어요. 비둘기처럼 양순하게, 뱀처럼 슬기롭게, 저는 제 사랑을 이루고 싶습니다. 하지만 분명 어머니도 남동생도, 또 세상 그 누구도 지지해주지 않겠지요. 당신은 어떤가요? 저는 결국 혼자 생각하고 혼자 행동하는 수밖에 없다는 생각에 눈물이 흐릅

니다. 태어나 처음 겪는 일이니까요. 이 괴로운 문제를 주위 모든 사람에게 축복받고 이룰 방법은 없을까, 아주 복잡한 대수학 인수분해의 답을 구하듯 골똘히 생각하다, 어딘가 술술 풀릴 실마리가 있을 것 같아 갑자기 들뜨기도 합니다.

하지만 정작 M.C 쪽에서는 저를 어떻게 생각하실지, 그 생각을 하면 힘이 빠져요. 말하자면 전 막무가내……라고 나 할까, '막무가내 마누라'라곤 할 수 없고 '막무가내 애 인'이라고나 할까요. 그렇다 보니 M.C 쪽에서 정 싫다고 하 면 그뿐이에요. 그러니 당신께 부탁드립니다. 부디 그분께 당신이 여쭤봐주세요. 6년 전 어느 날, 제 가슴에 희미한 무 지개가 걸렸어요. 그건 연애도 사랑도 아니었지만, 세월이 더해갈수록 그 무지개가 점점 짙어졌어요. 전 지금까지 한 번도 그걸 잃은 적이 없습니다. 소나기가 갠 하늘에 걸린 무 지개는 이내 덧없이 사라져버리지만, 사람 가슴에 걸린 무 지개는 사라지지 않는 모양입니다. 부디 그분께 여쭤봐주 세요. 그분은 정말 저를 어떻게 생각하셨을까요? 그야말로 그저 비 갠 하늘의 무지개로만 생각하셨을까요? 그리고 이 미 오래전 사라지고 없다고?

그렇다면 저도 저의 무지개를 지워야 합니다. 하지만 제

목숨을 먼저 지우지 않는 한, 제 가슴속 무지개는 사라질 것
같지 않습니다.

답장 기다리겠습니다.

우에하라 지로 님 (나의 체호프. 마이 체호프. M.C)

저는 요즘 조금씩 살이 오릅니다. 동물적인 여자로 되어
간다기보다 사람다워졌다고 생각합니다. 올여름은 로렌스
의 소설을, 단 한 권 읽었습니다.


답장이 없으셔서 다시 한번 편지 올립니다. 일전에 드린
편지는 무척 교활한 뱀 같은 간사한 계책으로 가득 차 있다
는 걸 다 간파하셨겠죠. 정말 저는 그 편지의 한 줄 한 줄에
제 간특한 꾀를 쏟아냈습니다. 결국, 제 생활을 도와달라는,
돈을 달라는 의도로만 그 편지를 여기셨을 테죠. 저 역시 그
사실을 부인하진 않겠습니다만, 그래도 단지 제가 경제적
후원자가 필요했더라면, 외람된 말씀이지만, 특별히 당신
께 부탁드리진 않았을 거예요. 저를 어여삐 여기는 부자 노
인들은 많은 듯합니다. 사실 얼마 전에도 묘한 혼담이 들어
왔습니다. 그분의 성함을 당신도 혹 알고 계실지 모르겠어
요. 예순이 넘은 독신 할아버지로 예술원 회원인가 하는 고

명하신 선생님이 저를 만나러 이 산장에 찾아왔습니다. 그 선생님은 니시카타초의 우리 집 근처에 사셨고 친분이 있어 가끔 왕래가 있었습니다. 언젠가 가을날 해 질 무렵이었다고 기억해요. 저와 어머니, 둘이서 자동차로 그 선생님 댁 앞을 지나치는데, 그분이 혼자 우두커니 대문 옆에 서 계셨습니다. 어머니가 차창 너머로 선생님께 잠시 인사를 드리자, 그 선생님의 신경질적인 검푸른 낯빛이 단박에 단풍잎보다 더 붉게 물들었어요.

"좋아하나 봐요."

저는 들떠서 말했습니다.

"어머니를 좋아하시는 거예요."

하지만 어머니는 차분히 혼잣말처럼 말씀하셨어요.

"아니, 훌륭한 분이셔."

예술가를 존경하는 건 우리 집안의 가풍인가 봅니다.

그분은 몇 해 전 부인과 사별하고, 와다 외삼촌과 요곡●을 함께 즐기는 어느 황족을 통해 어머니께 뜻을 전했습니다. 어머니는 "가즈코가 선생님께 직접 답장해드리는 게 어떻겠니?" 하셨습니다. 저는 깊이 생각할 것도 없이 싫어서, 지

---

● 謠曲. 일본의 전통 가면극인 '노'의 각본.

금은 결혼 생각이 없다는 내용을 덤덤히 써 내려갔습니다.

"거절해도 되죠?"

"되고말고. ······나도 말도 안 되는 일이라고 생각했어."

그 무렵 그분은 가루이자와의 별장에 계셨기에, 별장으로 거절의 편지를 드렸습니다만, 이틀 후, 제 편지와 엇갈리는 바람에 선생님이 이즈의 온천에 일이 있어서 왔다가 잠시 들렀다며, 제 답장에 대해서는 아무것도 모른 채로 불쑥이 산장에 찾아오셨어요. 예술가는 나이가 들어도 어린애처럼 이렇게 마음 가는 대로 행동하나 봅니다.

어머니는 몸이 안 좋으셔서 제가 마중을 하고 응접실에서 차를 내어드리며 말했습니다.

"저어, 거절의 편지가 지금쯤 가루이자와에 도착했을 거예요. 저도 신중히 생각해봤습니다만."

"그렇군요."

선생님은 당황하며 땀을 닦고는 말을 이어가셨어요.

"그래도 다시 한번 깊이 생각해주시오. 나는 당신을, 뭐랄까, 말하자면 정신적으로는 행복을 줄 수 없을지는 모르겠으나, 대신 물질적으로는 얼마든지 행복하게 해줄 수 있어요. 이것만은 분명히 말할 수 있소. 우리끼리니 툭 터놓고 하는 얘기지만."

"말씀하신 그 행복이란 걸 전 잘 모르겠어요. 주제넘은 소리 같지만 죄송합니다. 체호프가 아내에게 보낸 편지에 이렇게 쓰여 있었죠. 아이를 낳아줘요, 우리의 아이를 낳아주시오, 라고요. 니체였던가, 그분의 에세이에도 내 아이를 낳아줬으면 하는 여자라는 말이 있어요. 전 아이를 갖고 싶어요. 행복 같은 건, 그런 건 아무래도 상관없어요. 돈도 좋지만, 아이를 키울 만큼의 돈만 있다면 그걸로 충분해요."

선생님은 알 수 없는 웃음을 지으시며,

"당신은 좀 색다른 분이군요. 마음에 있는 말을 누구에게나 숨김없이 꺼낼 수 있는 사람이오. 당신 같은 분과 함께라면 내 일에도 새로운 영감이 떠오를지 모르겠어."

하고 그 나이에 걸맞지 않게 좀 거북스러운 말을 했습니다. 만약 정말 제힘으로, 이런 훌륭한 예술가의 일에 젊음을 불어넣을 수만 있다면, 그 또한 보람된 일일지도 모른다고 생각했어요. 하지만 그렇대도 전 그 선생님께 안기는 제 모습을 도저히 상상할 수가 없었습니다.

"제게 사랑이란 감정이 없어도 괜찮으세요?"

제가 살짝 웃으며 묻자 선생님은 진지하게 말씀하셨어요.

"여자는 그래도 괜찮아요. 여자는 그냥 가만히만 있어도 돼요."

"하지만 저 같은 여잔 역시 사랑하는 마음 없이는 결혼을 생각할 수 없어요. 전 이미 어른인걸요. 내년이면 벌써 서른인."

그렇게 말하면서 저도 모르게 입을 틀어막고 싶은 심정이었습니다.

서른. '여자에게는 스물아홉까지는 처녀의 냄새가 남아 있다. 하지만 서른 살 여자의 몸에는 이제 어디에도 처녀 냄새가 없다'라는 오래전에 읽은 프랑스 소설 속 문장이 문득 떠올라 견딜 수 없는 외로움이 덮쳐왔습니다. 밖을 보니 한낮의 빛을 들쓴 바다가 유리 조각처럼 찬란하게 반짝이고 있었습니다. 그 소설을 읽을 당시에는, 그렇겠지, 하며 가볍게 수긍했어요. 여자의 생활은 서른이 되면 끝난다는 생각을 아무렇지도 않게 했던 그 시절이 그립습니다. 팔찌, 목걸이, 드레스, 허리끈이 하나둘 제 몸에서 사라져가면서 제 몸에 밴 처녀의 냄새도 차츰 엷어져 갔겠죠. 가난한 중년 여자. 아아, 싫어요. 하지만 중년 여자의 생활에도 역시나 여자의 생활이란 게 있어요. 요사이 그걸 알게 되었습니다. 영국인 여자 선생님이 영국으로 돌아갈 때, 열아홉 살인 제게 이런 말을 하셨어요.

"당신은 사랑하면 안 돼요. 사랑하면 불행해져요. 사랑을 하려거든 좀더 크고 나서 하세요. 서른이 되고 나서 해요."

하지만 그 말을 들었을 때 전 어리둥절했어요. 서른 살 후의 일이라니, 그 무렵의 저로서는 상상조차 할 수 없었습니다.

"이 별장을 팔지도 모른다는 소문을 들었습니다만."

선생님은 짓궂은 표정으로 불쑥 그리 말씀하셨어요.

저는 웃었습니다.

"죄송해요. 『벚꽃 동산』*이 떠올랐어요. 선생님께서 사주실 건가요?"

선생님은 과연 눈치채셨는지 화가 난 듯 입을 일그러뜨린 채 잠자코 계셨습니다.

어느 황족이 거처로 쓰려고 50만 엔에 이 집을 어쩐다느니 하는 이야기가 나왔던 건 사실이지만, 그건 이미 다 끝난

---

* 안톤 체호프의 희곡. 러시아 귀족사회의 몰락을 묘사한 연극이다. 제목 『벚꽃 동산』은 몰락한 귀족 가문에서 재배하던 벚나무 동산을 말하는데, 후에 동산을 구입한 자본가 로파힌에 의해서 베어진다.

얘긴데, 선생님은 그 소문을 어디선가 들으신 모양입니다. 하지만 우리가 자기를 『벚꽃 동산』의 로파힌처럼 여기는 건 참을 수 없다며 기분이 몹시 상했는지, 세상 돌아가는 이야기를 잠시 나누다 돌아가버렸습니다.

제가 지금 당신께 바라는 건 로파힌이 아닙니다. 그건 확실히 말할 수 있어요. 그저 이 중년 여인의 억지를 받아주세요.

당신을 만난 지도 벌써 6년이란 시간이 흘렀습니다. 그때 전 당신이라는 사람에 대해 아무것도 몰랐어요. 그저 동생의 스승, 그것도 조금 나쁜 스승, 그렇게만 생각했을 뿐입니다. 그리고 함께 컵에다 술을 마시고, 당신이 가벼운 장난을 치셨죠. 하지만 전 아무렇지도 않았어요. 그저 묘하게 홀가분해진 기분이었죠. 당신을 좋아하지도 싫어하지도, 정말 아무렇지 않았어요. 그러다 동생의 기분을 맞춰주려고 동생에게서 당신의 책을 빌려 읽으며 재미있어하다가 재미없어하는, 그다지 열성적인 독자는 아니었는데, 6년 동안, 어느새 당신이 안개처럼 제 가슴에 스며들었어요. 그날 밤, 지하실 계단에서 우리가 한 일도 갑자기 선명히 떠오르면서, 왠지 제 운명을 결정지을 만큼 중대한 일인 것만 같아서, 당신이 그립고 이게 사랑일지도 모른다고 생각하니, 어쩐지 허전한 마음에 혼자 훌쩍였습니다. 당신은 다른 남자와는 전혀 다릅니다. 저는 『갈매기』*의 니나처럼 작가를 사랑하는 게 아닙니다. 저는 소설가를 동경하지 않아요. 저를 문학소녀쯤으로만 여기신다면 당황스럽습니다. 저는 당신의 아기를 갖고 싶어요.

훨씬 오래전, 당신이 아직 혼자이고 저 또한 아직 야마키에게 가지 않았을 때, 우리 두 사람이 만나 결혼했더라면, 저도 지금처럼 괴로워하지 않았을지도 모르겠지만, 전 이제 당신과의 결혼은 불가능하다고 단념했어요. 당신 부인을 떠밀다니, 그건 치졸한 폭력 같아서 싫습니다. 저는 첩(이런 표현 끔찍이도 쓰기 싫지만, 그렇다고 애인이라고 한들 속된 말로 첩이나 다름없으니 분명히 말할게요.)이라도 상관없습니다. 하지만 평범한 첩으로 살아가는 일도 쉽지만은 않은가 봐요. 사람들 말로는 첩은 단물 다 빠지면 버려진대요. 예순이 가까워지면 어떤 남자든 다들 본처에게로 돌아간대

---

* 안톤 체호프의 4대 희곡 작품 중 하나. 극작가 지망생인 남자 주인공과 여배우인 여자 주인공의 엇갈리는 사랑을 그린 내용으로 작중에서 여주인공 니나는 소설가를 연모한다.

요. 그러니 첩만은 되어선 안 된다고 니시카타초의 할아범과 유모가 하는 이야기를 들은 적이 있어요. 하지만 그건 평범한 첩 이야기고, 우리의 경우는 다르다고 봐요. 당신에게 가장 소중한 것은 역시 당신의 일이라고 생각합니다. 당신이 저를 좋아하신다면, 우리 두 사람이 잘 지내는 것이, 일을 위해서도 좋을 테지요. 그러면 당신 부인도 우리를 이해해주실 거예요. 말도 안 되는 억지소리 같지만, 그래도 제 생각은 하나도 틀리지 않았다고 생각합니다.

문제는 당신의 답장뿐입니다. 저를 좋아하시는지, 싫어하시는지, 아니면 아무런 감정도 없는지, 그 대답이 무엇일지 굉장히 두렵지만, 전 꼭 들어야겠습니다. 지난번 편지에도 제가 막무가내 애인이라고 썼고 또 이번 편지에도 중년 여인의 억지라고 썼지만, 지금 곰곰 생각해보면, 당신의 답장이 없으면, 제가 억지를 부린다 한들 무슨 소용이 있을까요. 홀로 멀거니 야위어갈 뿐이겠지요. 역시 어떤 말이건 당신의 답이 필요합니다.

지금 문득 떠오른 생각입니다만, 당신은 소설에서 사랑의 모험 같은 이야기를 제법 쓰셨고, 지독한 악한이라는 소문도 파다하지만, 실은 상식 있는 분이시죠. 저는 상식이란 걸 모르겠어요. 좋아하는 일을 할 수만 있다면 그게 행복한 삶 아닐까요? 저는 당신의 아기를 낳고 싶습니다. 다른 사람의 아기를 낳고픈 마음은 전혀 없어요. 그래서 당신께 의논을 드리고 있는 겁니다. 이해하셨다면 답장을 주세요. 당신의 마음을 분명히 알려주세요.

비가 긋고 바람이 불기 시작했습니다. 지금은 오후 3시입니다. 이제부터 술(어싯 홉)을 배급받으러 갑니다. 럼주 두 병을 자루에 넣고, 가슴 주머니에 이 편지를 넣어 10분쯤 있다가 아랫마을로 내려가요. 이 술은 동생에게 주지 않을 거예요. 제가 마시려고요. 매일 밤, 컵에다 한 잔씩 마실 거예요. 술은 원래 컵으로 마셔야 하는 거잖아요?

여기로 오지 않으시겠어요?

M.C 님

오늘도 비가 내렸습니다. 눈에 보이지도 않을 만큼 자디잔 안개비가 내리고 있어요. 매일 또 매일 외출도 하지 않고 답장을 기다렸는데, 끝내 오늘까지 소식이 없으시네요. 대체 당신은 무슨 생각이신 걸까요? 요전번 편지에서 그 선생님에 관한 일을 쓴 게 잘못이었나요? 그런 혼담 따위를 써서 경쟁심을 부추기려 한다고 생각하셨나요? 하지만 그 혼담은 그때 이미 끝났어요. 아까도 어머니랑 그 이야기를 하며 웃었어요. 어머니는 얼마 전 혀끝이 아프다 하셨는데, 나오지의 권유로 미학 요법을 하시고는, 그 치료 덕분에 혀의 통증이 가셔서 요즘은 한결 건강해지셨습니다.

조금 전 제가 툇마루에 서서 소용돌이치며 흩뿌리는 안개비를 바라보면서 당신의 마음을 헤아리고 있는데,

"우유 끓였으니 어서 오렴."

하고 어머니가 식당 쪽에서 부르셨어요.

"추우니까 뜨겁게 데워 놨어."

우리는 식당에서 김이 모락모락 나는 뜨거운 우유를 마시며, 지난번 그 선생님에 대한 이야기를 했습니다.

"그분하고 전 애당초 전혀 안 어울리죠?"

어머니는 차분히 말씀하셨습니다.

"안 어울려."

"전 이렇게 제멋대로고 예술가를 싫어하지 않아요. 거기다 그분은 수입도 좋은 듯하니 그런 분과 결혼하면 꽤 좋을지도 몰라요. 하지만 역시 안 되겠어요."

어머니는 웃으시며 말씀하셨어요.

"가즈코, 못됐네. 안 되겠다면서 지난번에 그분과 꽤 오래 뭔가 즐겁게 이야기 나눴잖니. 네 마음을 모르겠구나."

"어머, 그야 재밌었으니까요. 좀 더 많은 이야기를 나눠보고 싶었어요. 전 조심성이 없나 봐요."

"아니, 딱 붙어 있던데, 가즈코가 딱."

어머니는 오늘 무척 건강해 보이세요.

그리고 어제 처음으로 올린 제 머리를 보시고는 이렇게 말씀하셨어요.

"올림머리는 머리숱이 적은 사람이 해야 좋단다. 네 올림머리는 너무 거창해서 작은 금관이라도 얹어주고 싶구나. 실패야."

"실망이에요. 가즈코는 목덜미가 하얗고 예쁘니까 되도록 목덜미를 가리지 말라고, 언젠가 어머니가 그러셨잖아요."

"그런 건 잘도 기억하는구나."

"작은 거라도 칭찬은 평생 못 잊죠. 기억해 두면 좋잖아요."

"지난번 그분한테서도 뭔가 칭찬받았지?"

"맞아요. 그래서 붙어 있었던 거예요. 저와 함께 있으면,

영감이 떠오른대나 뭐라나. 전 예술가는 싫지 않지만, 저렇게 인격을 갖춘 양 거드름을 피우는 사람은 질색이에요."

"나오지의 스승님은 어떤 사람이니?"

저는 뜨끔했습니다.

"잘은 모르지만, 어차피 나오지의 스승인걸요. 딱지 붙은 불량이겠죠."

"딱지 붙은?"

어머니는 재밌다는 눈빛으로 중얼거리셨어요.

"재밌는 말이네. 딱지가 붙어 있으면 오히려 안전하고 좋잖니. 방울을 목에 단 새끼고양이처럼 귀엽구나. 딱지 없는 불량이 무섭지."

"그런가요?"

너무 기뻐서 몸이 연기로 변해 스르르 하늘로 빨려가는 기분이었습니다. 아시겠어요? 왜 제가 기뻤는지. 잘 모르시겠다면…… 때려줄 거예요.

정말, 이곳에 한번 놀러 오시지 않을래요? 제가 나오지에게 당신을 모셔오라고 하는 것도 어쩐지 부자연스럽고 이상하니까, 당신의 의지로 술김에 여기 들른 것처럼 말이에요. 나오지의 안내를 받고 오셔도 좋지만, 되도록 혼자서,

나오지가 도쿄에 가고 없을 때 와주세요. 나오지가 있으면 당신을 나오지에게 빼앗길 테고, 당신들은 분명 오사키 아주머니 댁에 소주를 마시러 갔다가 거기서 끝날 게 뻔하니까요. 저희 집안은 대대로 예술가를 좋아했던 모양이에요. 고린이라는 화가도 옛날에 저희 교토 집에 오래 머물며 장지문에 아름다운 그림을 그려주셨어요. 그러니까 어머니도 당신이 오시면 틀림없이 기뻐하실 거예요. 당신은 아마 2층 방에서 주무시게 될 거예요. 잊지 말고 전등을 꺼 두세요. 저는 한 손에 작은 촛불을 들고 어두운 계단을 올라가……, 그건 안 되겠죠? 너무 빠르겠죠?

전 불량을 좋아해요. 그것도 딱지 붙은 불량을요. 그래서 저도 딱지 붙은 불량이 되고 싶습니다. 그 밖에는 달리 제가 살아갈 방도가 없을 듯해요. 당신은 일본 제일의 딱지 붙은 불량이지요. 그리고 요새 또다시 많은 이들이 당신을 추잡하다고, 역겹다고 하며 지독히도 미워하고 공격한다는 얘기를 동생에게 듣고서 점점 더 당신이 좋아졌습니다. 당신에게는 분명 애인도 많을 테지만, 머지않아 점점 저 한 사람만을 좋아하게 될 거예요. 어쩐지 자꾸만 그런 생각이 듭니다. 그리고 당신은 저와 함께 살며, 매일 즐겁게 일할 수 있을 거예요. 전 어릴 때부터 사람들로부터 '너와 함께 있으면 시름을 잊게 된다'라는 말을 종종 들어왔습니다. 저는 지금껏 남들에게 미움을 받아본 적이 없어요. 다들 저를 착한 아이라고 해주셨어요. 그러니 당신도 결코, 저를 싫어할 리 없다고 생각합니다.

만나기만 하면 돼요. 이젠 답장이고 뭐고 다 필요 없어요. 만나 뵙고 싶습니다. 제가 도쿄의 당신 댁으로 찾아가면 가장 쉽게 만날 수 있겠지만, 어머니가 환자나 다름없기에 전 늘 곁을 돌보는 간호사 겸 하녀의 처지라 도저히 그럴 수가 없습니다. 부탁이에요. 부디 이곳으로 와주세요. 한번 뵙고 싶습니다. 모든 건 만나기만 하면 알게 되실 거예요. 제 양 입가에 생긴 희미한 주름을 보세요. 세기의 슬픔이 밴 주름을 보세요. 저의 그 어떤 말보다 제 얼굴이 제 마음을 당신께 분명히 알려드릴 거예요.

맨 처음 드린 편지에 제 가슴속 무지개에 대해 썼었지요. 그 무지개는 반딧불 같은, 혹은 별빛 같은 그런 고상한 아름다움이 아니었어요. 그렇게 옅고 아득한 마음이었다면, 전 이다지도 괴롭지 않았을 테고, 차츰 당신을 잊어갔을 테지요. 제 가슴속 무지개는 불꽃의 다리입니다. 가슴이 타들어 가는 심정입니다. 마약이 떨어져 약을 구하러 다니는 마약중독자의 심정도, 이토록 힘들진 않을 거예요. 잘못된 게 아니라고, 나쁜 게 아니라고 생각하면서도, 문득 제가 엄청난 바보짓을 하려는 건 아닌가 싶어, 섬뜩할 때도 있습니다. 미쳐 날뛰는 건 아닐까 반성하는, 그런 기분도 자주 들어요. 하지만 저 역시 냉정히 계획해 놓은 바가 있습니다. 제발 여기로 한번 와주세요. 언제든 좋아요. 저는 아무 데도 가지 않고 항상 기다리고 있습니다. 저를 믿어주세요.

다시 한번 만나서 그때도 싫다면 분명히 말해주세요. 제 가슴속 불꽃은 당신이 지폈으니 당신이 끄고 가세요. 저 혼자 힘으로는 도저히 사윌 수가 없습니다. 어쨌든 만나면, 만나기만 하면 제가 좀 살 것 같아요. 『만요』*나 『겐지 이야기』** 시대라면 제가 한 말 따윈 아무것도 아닌 일이었을 텐데요. 저의 소망. 당신의 애첩이 되어 당신 아이의 엄마가 되는 것.

설혹 이 편지를 비웃는 이가 있다면, 그이는 살고자 하는 여자의 노력을 비웃는 사람입니다. 여자의 목숨을 비웃는 사람입니다. 저는 숨 막힐 듯 오갈 데 없이 갇혀버린 항구의

---

• 8세기 요토모노 야카모치가 편찬한 일본에서 가장 오래된 시가집.

•• 11세기 초 무라사키 시키부가 쓴 일본의 장편소설.

공기를 견딜 수 없어, 항구 밖에 폭풍우가 몰아친다더라도 돛을 올리고 싶어요. 쉬고 있는 돛은 예외 없이 더럽지요. 저를 비웃는 사람들은 틀림없이 모두 정박해 있는 돛입니다. 아무것도 할 수가 없어요.

제멋대로인 여자. 하지만 이 문제로 가장 괴로운 사람은 저예요. 이 문제에 대해 조금도 괴로워하지 않는 방관자가, 흉하게 돛을 늘어뜨린 채 이 문제를 비판하는 것은 난센스입니다. 제게 어떤 사상 따위를 적당히 끼워 맞추는 말은 듣고 싶지 않습니다. 제겐 사상이 없습니다. 저는 사상이나 철학 따위를 들먹이며 행동한 적이 단 한 번도 없습니다.

세간에서 좋은 말을 듣고 존경받는 사람들은 모두 거짓말쟁이에다 가짜라는 것을, 저는 알고 있어요. 전 세상을 믿지 않아요. 딱지 붙은 불량만이 제 편입니다. 딱지 붙은 불량. 저는 그 십자가에만은 못 박혀 죽어도 좋다고 생각해요. 만인에게 비난받더라도 저는 기꺼이 응수해줄 수 있습니다. 너희들은 딱지 붙지 않은, 더 위험한 불량들 아니냐고.

아시겠어요?

사랑에 이유는 없어요. 다소 변명 같은 말들만 잔뜩 늘어놓았네요. 동생의 말을 흉내 낸 것에 불과할지도 모릅니다.

당신이 오기만을 기다릴 뿐이에요. 한 번 더 뵙고 싶어요. 그뿐입니다.

기다림. 아아, 인간의 생활에는, 기뻐하고 화내고 슬퍼하고 미워하는 여러 가지 감정이 있지만, 그래도 그것은 인간 생활에서 고작 1퍼센트만을 차지하는 감정이고, 나머지 99퍼센트는 그저 기다리며 사는 게 아닐까요? 행복의 발소리가 복도에 들리기를, 이제나저제나 가슴 저미도록 기다려도 결국 오지 않는 공허함. 아아, 인간의 생활이란 너무나 비참해요. 다들 태어나지 말았어야 했다고 생각하는 이 현실. 그래서 매일 아침부터 밤까지 덧없이 무언가를 기다려요. 너무나 비참해요. 태어나길 잘했다고, 아아, 목숨을 인간을 세상을, 기쁘게 여기고 싶어요.

가로막는 도덕을, 밀쳐낼 순 없을까요?

M.C(마이 체호프의 이니셜이 아닙니다. 저는 작가를 사랑하는 게 아니에요. 마이 차일드).

# 5

 나는 올해 여름, 어떤 남자에게 세 통의 편지를 보냈지만,
답장은 없었다. 아무리 생각해도 내겐 그것밖에는 달리 살
아갈 길이 없는 듯하여, 세 통의 편지에 내 마음을 담아, 벼
랑 끝에서 성난 파도를 향해 뛰어내리는 심정으로 우체통
에 넣었지만, 아무리 기다려도 답은 오지 않았다. 동생 나오
지에게 그 사람의 안부를 넌지시 물었는데, 그 사람은 변함
없이 매일 밤 술을 마시며, 한층 더 부도덕한 작품만 써대
서, 세상 사람들의 빈축을 사고 미움을 받는 모양이었다. 또
한 나오지에게 출판업을 시작해보라고 권유했고, 나오지는
이를 흔쾌히 받아들여, 그 사람 외에도 소설가 두세 명을 고

문으로 앉혔으며, 자금을 대줄 사람이 있다느니 어쩌느니 하는 나오지의 이야기를 듣고 있노라면, 내가 사랑하는 사람의 언저리에 내 냄새는 조금도 배어 있지 않은 듯했다. 나는 부끄럽다는 생각보다는 이 세상이라는 것이, 내가 생각하는 세상과는 전혀 다른, 흡사 기묘한 생물 같다는 느낌이 들었다. 나 혼자만 버려져서는 불러도 소리쳐도 아무런 반응이 없는, 해 질 녘 가을 들판에 서 있는 듯한, 지금껏 맛본 적 없는 처참함이 엄습했다. 이것이 실연이라는 걸까? 들녘에 이렇게 망연히 서 있자니, 이대로 해가 완전히 기울면 밤이슬에 얼어 죽는 수밖에는 없겠구나 싶어, 눈물 없는 통곡으로 어깨와 가슴이 격하게 파도쳐 숨도 쉴 수 없는 지경이되었다.

이제 이렇게 된 이상, 어떻게 해서든 상경해서 우에하라 씨를 만나야 한다, 내 돛은 이미 올라 항구 밖으로 나가버렸으니, 이대로 서 있을 순 없어, 갈 데까지 가야 해, 하고 남몰래 상경할 마음의 준비를 한 순간, 어머니의 상태가 이상해졌다.

어느 날 밤, 기침이 심하셔서 열을 재보니 39도였다.

"오늘 추워서 그래. 내일이면 괜찮아질 거야."

어머니는 콜록거리며 나직이 말씀하셨지만, 아무래도 단순한 기침이 아닌 것 같아, 내일은 일단 아랫마을 의사 선생님을 불러야겠다고 마음먹었다.

다음 날 아침, 열은 37도로 내렸고 기침도 잦아들었지만, 그래도 나는 마을 의사 선생님을 찾아가, 어머니가 요새 갑자기 약해지셨고, 어젯밤부터 다시 열이 나고 기침도 보통 감기 때의 기침과는 다른 것 같다고 말씀드리며 진찰을 부탁했다.

선생님은 그럼 이따가 들르겠습니다, 이건 선물로 받은 건데, 하시며 응접실 구석 찬장에서 배를 세 개 꺼내어 내게 주셨다. 그리고 점심때가 조금 지나, 하얀색 여름 하오리를 입고 왕진을 오셨다. 여느 때처럼 정성껏 오래 청진기로 진찰하시고는 내 쪽으로 몸을 돌리며 말씀하셨다.

"걱정하실 것 없습니다. 약을 드시면 낫습니다."

나는 이상하게도 웃음이 나서, 웃음을 참았다.

"주사라도 놓는 게 어떨까요?"

내가 묻자 선생님은 진지하게 답하셨다.

"그럴 필요까진 없습니다. 감기니까 안정을 취하시면 곧 나을 겁니다."

하지만 어머니의 열은 그로부터 일주일이 지나도 내리지 않았다. 기침은 잦아들었지만, 열은 아침에는 37.7도 정도 였다가 저녁이 되면 39도가 됐다. 의사 선생님은 그 이튿날 부터 배탈이 나서 일을 쉬셨기에, 내가 약을 타러 갔다. 어머니 상태가 좋지 않다고 간호사를 통해 선생님께 전해도, 흔한 감기니 걱정할 것 없다며 물약과 가루약만 주셨다.

나오지는 여전히 도쿄로 가서 벌써 열흘 남짓 돌아오지 않고 있다. 나 혼자 어쩐지 불안한 마음에 와다 외삼촌에게 어머니의 상태가 심상치 않다는 사실을 엽서로 알렸다.

열이 나고 열흘 가까이 되던 날, 마을 의사 선생님이 겨우 배탈이 나았다며 진찰하러 오셨다.

선생님은 어머니의 가슴을 신중하게 진찰하시고는,

"알았습니다, 알았어요."

하고 외치더니 다시 몸을 돌려 나를 정면으로 바라보며 말씀하셨다.

"열의 원인을 알았습니다. 왼쪽 폐에 침윤이 생겼어요. 하지만 걱정하실 건 없습니다. 열은 당분간 계속되겠지만, 안정을 취하시면 걱정할 것 없습니다."

그런가? 하면서도 물에 빠진 자가 지푸라기라도 붙잡는

심정이라, 의사 선생님의 진단에 나는 조금 안심이 되었다.

선생님이 돌아가신 뒤 나는 어머니께 말했다.

"다행이에요, 어머니. 누구든 침윤은 조금씩 있다나 봐요. 마음만 단단히 잡수시면 큰 탈 없이 나으실 거예요. 올여름 날씨가 좀 변덕스러웠잖아요. 여름은 싫어요. 여름꽃도 싫고요."

어머니는 눈을 감으며 웃으셨다.

"여름꽃을 좋아하는 사람은 여름에 죽는대서, 나도 올여름엔 죽으려나 했는데, 나오지가 돌아와 가을까지 살아버렸네."

그런 나오지여도 역시 어머니께 삶의 버팀목이 되고 있는가 싶어 가슴이 아렸다.

"이제 여름도 다 갔으니 위험한 고비는 넘기신 거예요. 정원에 싸리꽃이 피었어요, 어머니. 여랑화, 오이풀, 도라지, 솔새, 참억새. 정원이 완전히 가을 뜰이 됐어요. 10월에는 열도 내릴 거예요."

나는, 그리되기를 빌었다. 이 9월의 후덥지근한, 늦더위의 계절이 어서 지났으면 좋겠다. 국화가 피고 화창한 가을날이 이어지면 분명 어머니는 열도 내리고 건강해지실 것이다. 나 또한 그 사람과 만나게 되어 내 계획도 커다란 국화꽃처럼 탐스럽게 피어날지도 모른다. 아아, 어서 10월이 되어 어머니의 열이 내리기를.

와다 외삼촌께 엽서를 보내고 일주일쯤 지나, 외삼촌의 도움으로 전에 시의(侍醫)를 지내셨던 미야케 선생님이 간호사를 데리고 도쿄에서 진찰을 와주셨다.

연로하신 선생님은 우리 아버지와도 친분이 있었던 분이라 어머니가 무척 반가운 모양이었다. 더구나 선생님은 옛날부터 예의범절도 무시하고 말씀도 거침없이 하셨는데, 어머니는 그런 점이 마음에 드셨는지, 그날 진찰은 뒷전이고 이런저런 이야기꽃을 피우며 즐거워하셨다. 내가 부엌에서 푸딩을 만들어 방으로 가져갔더니, 진찰도 그새 다 끝났는지 선생님은 청진기를 목걸이처럼 어깨에 아무렇게나 툭 걸친 채, 안방 앞 등의자에 앉아서 느긋하게 이런저런 이야기를 계속하고 계셨다.

"나도 말이죠. 포장마차에 들어가면 서서 우동을 먹어요. 맛이 있는지 없는지도 몰라."

어머니도 무심한 표정으로 천정을 보며 그 이야기를 듣고 계셨다. 별일 아니었구나 싶어 나는 안심했다.

"어떤가요? 여기 마을 의사 선생님은 왼쪽 가슴에 침윤이 있다고 하시던데요."

나도 갑자기 기운이 나서 미야케 선생님께 여쭈니 선생님은 덤덤하게 말씀하셨다.

"뭐, 괜찮다."

"휴. 다행이에요, 어머니."

나는 진심으로 미소 지으며 어머니께 말했다.

"괜찮대요."

그때, 미야케 선생님이 등의자에서 벌떡 일어나 응접실 쪽으로 가셨다. 뭔가 내게 하실 말씀이 있는 듯하여, 나는 슬며시 그 뒤를 따랐다.

선생님은 응접실 벽걸이 뒤에서 걸음을 멈추시곤 말씀하셨다.

"고로롱 소리가 들려."

"침윤이 아니에요?"

"아니야."

"그럼 기관지염?"

나는 금세 눈물을 글썽이며 여쭈었다.

"아니."

결핵! 그것만은 아니길 바랐다. 폐렴이나 침윤, 기관지염이라면, 내 힘으로 반드시 낫게 해드릴 수 있다. 하지만 결핵이라면, 아아, 이젠 틀렸을지도 모른다. 발밑이 꺼져가는 기분이었다.

"소리가 아주 안 좋나요? 고로롱 소리가 들려요?"

나는 너무도 불안해서 울먹이기 시작했다.

"오른쪽 왼쪽 다야."

"그래도 어머닌 아직 건강하세요. 밥도 맛있다 맛있다 하셨는데……."

"어쩔 수 없구나."

"거짓말이죠, 그렇죠? 버터랑 달걀이랑 우유랑 많이 드시면 낫겠죠? 몸에 저항력만 생기면 열도 내리겠죠?"

"그래, 뭐든 많이 먹어야지."

"맞아요, 그렇죠? 토마토도 매일 다섯 개나 드셔요."

"응, 토마토도 좋아."

"그럼 괜찮겠죠? 낫는 거죠?"

"하지만 이번 병은 목숨을 앗아갈 수도 있어. 각오하고 있는 게 좋을 게다."

사람의 힘으로는 도저히 어쩔 수 없는 일이 이 세상에 숱하게 있다는, 절망이란 벽의 존재를 난생처음 알게 된 것 같 았다.

"2년? 3년?"

나는 떨면서 작은 목소리로 여쭈었다.

"모르겠구나. 어쨌든 더는 손쓸 방도가 없어."

그러고 나서 미야케 선생님은 그날 이즈의 나가오카 온천에 숙소를 예약해 두셨다며 간호사와 함께 돌아가셨다. 문밖까지 배웅해드리고, 넋이 나간 상태로 방으로 돌아와 어머니의 머리맡에 앉아 아무 일 없었다는 듯이 웃어 보이자, 어머니가 말씀하셨다.

"선생님이 뭐라시던?"

"열만 내리면 된대요."

"가슴은?"

"별거 아닌가 봐요. 예전에 앓았을 때처럼 그런 거예요. 이제 선선해지면 점점 더 건강해지실 거예요."

나는 내 거짓말을 믿어야겠다고 생각했다. 목숨을 앗아간다느니, 그런 무서운 말은 잊으려 했다. 내게 어머니가 돌아가신다는 것은, 내 육신도 함께 사라져버리는 느낌이라도저히 사실로 받아들일 수 없었다. 이젠 다 잊고 어머니께 맛있는 요리를 아주 많이 해드려야겠다. 생선, 수프, 통조림, 간, 육수, 토마토, 달걀, 우유, 맑은장국. 두부가 있으면 좋을 텐데. 두부를 넣은 미소 된장국, 흰 쌀밥, 떡, 맛있는 건 뭐든, 내 모든 것을 팔아서라도 어머니께 대접해드리자.

나는 일어나 응접실로 갔다. 그리고 응접실 소파를 방 앞 툇마루 가까이 옮기고서, 어머니의 얼굴이 보이도록 앉았다. 누워 계신 어머니의 얼굴은 전혀 아픈 사람 같지 않았다. 두 눈은 맑고 아름다웠으며 낯빛에도 생기가 돌았다. 아침이면 규칙적으로 일어나 세면대로 가셨고, 욕실에서 손수 머리를 묶으시며 매무새를 단정히 하셨다. 그러고서 이부자리로 돌아와 자리에 앉아 식사를 하시고는, 누웠다 일어났다 하시며, 오전 내리 신문이나 책을 읽으셨는데, 열이 나는 건 늘 오후뿐이었다.

'아아, 어머닌 건강하셔. 분명 괜찮을 거야.'

나는 속으로 미야케 선생님의 진단을 강하게 부인했다.

10월에 접어들어 국화꽃 필 무렵이 되면, 하고 생각하던 나는 꾸벅꾸벅 선잠에 빠졌다. 현실에서는 한 번도 본 적 없는 풍경인데도, 꿈속에서는 이따금 그 풍경을 보고, 아아, 또 이곳에 왔구나, 하며 낯익은 숲속 호숫가로 나섰다. 기모노를 입은 청년과 발소리도 내지 않고 함께 걸었다. 온 풍경에 초록빛 안개가 낀 것 같았다. 그리고 호수 밑바닥에 하얗고 가는 다리가 잠겨 있었다.

"아아, 다리가 잠겼네. 오늘은 아무 데도 못 가겠다. 이 호텔에서 쉬죠. 분명 빈방이 있을 거야."

호숫가에 돌로 지은 호텔이 있었다. 그 호텔의 돌은 초록빛 안개에 촉촉이 젖어 있었다. 돌문 위에 금색 글씨로 HOTEL SWITZERLAND라고 가늘게 새겨져 있었다. SWI 하고 읽다가 문득 어머니를 떠올렸다. 어머니는 어쩌고 계실까? 어머니도 이 호텔에 계실까? 궁금해졌다. 그리고 청년과 함께 돌문을 지나 앞뜰로 들어섰다. 안개 자욱한 뜰에 수국을 닮은 탐스러운 빨간 꽃이 타오르듯 피어 있었다. 유년 시절, 이불에 빨간 수국 무늬가 어지러이 흩어져 있는 걸보고 괜스레 슬펐는데, 과연 빨간 수국이 정말로 있구나 싶었다.

"안 추워?"

"응, 살짝. 귀가 안개에 젖어서 시려."

나는 그렇게 말하고는 웃으며 물었다.

"어머니는 뭐 하고 계실까?"

그러자 청년은 무척이나 슬프고도 자애로운 미소로 대답했다.

"그분은 무덤 안에 계셔."

"아!"

나는 작게 소리쳤다. 그랬다. 어머니는 이제 안 계신다. 어머니의 장례도 진작에 치르지 않았던가. 아아, 어머니는 이미 돌아가셨지, 하고 깨닫자 형언할 수 없는 쓸쓸함에 몸서리치다 잠에서 깼다.

베란다는 어느새 어스름이 졌다. 비가 내리고 있었다. 초록빛 쓸쓸함이 꿈속에서처럼 온 주위를 휘감았다.

"어머니!"

하고 불렀다.

조용한 목소리로,

"뭐 하니?"

라는 대답이 돌아왔다.

나는 기뻐서 벌떡 일어나 방으로 갔다.

"설핏 잠들었나 봐요."

"그래? 뭘 하나 싶었어. 낮잠이 길었구나."

어머니는 재밌다는 듯 웃으셨다.

나는 어머니가 이처럼 우아하게 숨 쉬며 살아 계신다는
사실이, 너무도 기뻐서 너무도 고마워서 눈물이 났다.

"저녁은 뭘 드시고 싶으세요?"

나는 약간 들뜬 소리로 말했다.

"괜찮아. 아무것도 필요 없어. 오늘은 39.5도까지 올랐구
나."

갑자기 나는 힘이 쑥 빠졌다. 그러고는 어찌할 바를 몰라
어둑한 방 안을 멍하니 둘러보다, 불현듯 죽고 싶어졌다.

"왜 그럴까요? 39.5도라니."

"괜찮아. 단지 열이 나기 전이 싫어. 머리가 좀 아프고, 오
한이 들다 열이 나."

밖은 벌써 어두워지고 비도 그친 듯했지만 바람이 불기
시작했다. 전등을 켜고 식당으로 가려는데 어머니가 말씀
하셨다.

"눈 부시니까 켜지 마."

"어두운 데서 가만히 누워 계시는 거, 싫어하시잖아요?"

내가 선 채로 묻자 어머니는 대답하셨다.

"눈 감고 누워 있으니 다 똑같아. 하나도 안 쓸쓸해. 오히
려 눈부신 게 싫구나. 앞으로는 방에 불 켜지 마라."

나는 그 또한 불길했다. 조용히 방의 불을 끄고 옆방으로 가 스탠드를 켜니 견딜 수 없이 쓸쓸해졌다. 서둘러 식당으로 가서 찬밥에 통조림 연어를 얹어 먹는데, 눈물이 뚝뚝 떨어졌다.

　밤이 되자 바람은 더욱 거세지고, 9시쯤부터는 비까지 섞여 진짜 폭풍우가 몰아닥쳤다. 2, 3일 전에 감아올린 툇마루 끝의 발이 달캉달캉 소리를 냈고, 난 옆방에서 로자 룩셈부르크의 『경제학 입문』을 묘한 흥분 속에서 읽고 있었다. 이 책은 내가 얼마 전 2층 나오지 방에서 가져온 것이다. 그때 이 책과 함께 레닌 선집과 카우츠키의 『사회혁명』도 무단으로 가져와 옆방 내 책상 위에 얹어 놓았는데, 어머니가 아침에 세수하고 가시는 길에 내 책상 옆을 지나다 문득 그 세 권의 책에 눈길을 주셨다. 하나하나 살펴보시며 작은 한숨을 내쉬고는 책상 위에 도로 가만히 내려놓고 쓸쓸한 얼굴로 나를 흘끗 바라보셨다. 하지만 그 눈빛은 깊은 슬픔으로 가득 차 있을 뿐, 결코 거부나 혐오의 눈빛은 아니었다. 어머니가 읽으시는 책은 위고, 뒤마 부자, 뮈세, 도데 등이었는데, 나는 그런 감미로운 이야기책에도 혁명의 냄새가 배어 있다는 걸 알고 있다. 표현이 조금 이상하긴 하지만, 어머니처럼 '천상 교양'을 지니고 계신 분은 의외로 혁명을 당연하게 받아들일지도 모른다. 나 역시 이렇게 로자 룩셈부르크의 책을 읽자니, 나 자신이 아니꼽다는 생각이 들기도 하지만, 그래도 나름 깊은 흥미를 느낀다. 여기에 쓰인 내용은 경제학에 관한 것이지만, 경제학으로만 읽으면 정말로 시시하다. 단순하기 짝이 없고 빤한 이야기뿐이다. 아니, 어쩌면 나는 경제학이란 것을 당최 이해하지 못하는지도 모른다. 어쨌든 난 눈곱만큼도 재미없다. 인간이란 인색한 존재, 영원히 인색한 존재라는 전제가 없으면 성립되지 않는 학문으로, 인색하지 않은 사람에게는 분배의 문제고 뭐고 도통 흥미를 느낄 수 없는 내용이다. 그런데도 나는 이 책을 읽고 다른 면에서 묘한 흥분을 느꼈다. 그건 이 책의 저자에겐 아무런 망설임 없이 종래의 사상을 닥치는 대로 파괴해 나가는 억척스러운 용기가 있다는 것이다. 도덕에 반하는 한이 있더라도 사랑하는 사람이 있는 곳으로 망설임 없이 달려가는 유부녀의 모습까지 떠오른다. 파괴 사상. 파괴는 처량하고 슬프고 아름다운 것이다. 파괴하고 다시 지어 완성하려는 꿈. 그리고 일단 파괴하면 완성의 날은 영원토록 오지 않을지도 모르지만, 그렇더라도 사랑이 있기에 파괴해야만 한다. 혁명을 일으켜야 한다. 로자는 마르크시즘을 슬프도록 한결같이 사랑했다.

12년 전 겨울이었다.

"너는 『사라시나 일기』*의 소녀 같아. 이젠 무슨 말을 해도 소용없어."

그렇게 말하고 내게서 떠나간 친구. 그때 난 그 친구에게 레닌의 책을 읽지 않고 돌려주었다.

"읽었어?"

"미안해. 안 읽었어."

니콜라이 성당이 보이는 다리 위였다.

"왜? 어째서?"

나보다 키가 조금 더 크고 어학에 소질 있던 그 친구는, 빨간 베레모가 잘 어울리고 얼굴도 모나리자를 닮았다는 소리를 듣는 아름다운 사람이었다.

"표지 색깔이 마음에 안 들어서."

"넌 참 별나다. 그게 아니잖아? 실은 내가 무서워진 거지?"

---

* 헤이안시대 때 스가와라노 다카스에의 딸이 쓴 회고록. 꿈의 세계의 실재를 믿었던 작자의 순정적이고 낭만적인 정신이 돋보이는 작품이다.

"무섭긴. 난 표지 색깔을 참을 수 없었어."

"그래."

친구는 쓸쓸히 말하고 내게 『사라시나 일기』를 운운하며 무슨 말을 해도 소용없다며 단정지었다.

우리는 잠시 말없이 겨울 강을 내려다보았다.

"안녕. 만약 이것이 영원한 이별이라면, 영원히 안녕. 바이런."

그렇게 말하며 바이런의 시구를 원문으로 빠르게 읊더니 내 몸을 가볍게 안았다.

"미안해."

나는 부끄러워 작은 소리로 사과하고 오차노미즈역 쪽으로 걸어갔다. 뒤돌아보니, 그 친구는 여전히 다리 위에 서서 꼼짝도 하지 않고, 나를 물끄러미 바라보고 있었다.

그 후로는 그 친구를 만나지 못했다. 같은 외국인 교사 집을 드나들긴 했지만, 학교가 달랐기 때문이다.

'그로부터 십이 년이 흘렀건만, 나는 아직도 『사라시나 일기』에서 한 발짝도 나아가지 못했다. 대체 난 그동안 뭘 했던 걸까. 혁명을 동경한 적도 없었고 사랑조차 알지 못했다. 지금껏 세상의 어른들은 혁명과 사랑, 이 두 가지를 가장 어리석고 혐오스러운 것이라고 우리에게 가르쳤다. 전쟁 전에도, 전쟁 중에도 우리는 그런 줄로만 믿었는데, 패전 후 우리는 세상의 어른들을 신뢰하지 않게 되었다. 무엇이건 그들이 말하는 것들과 반대편에 진정한 살길이 있는 것 같았다. 혁명도 사랑도, 실은 이 세상에서 가장 좋고 달콤한 건데, 너무 좋은 것이어서, 어른들은 심술궂게도 우리에게 덜 익은 포도라고 속여 가르친 게 틀림없다고 여기게 되었다. 나는 확신하고 싶다. 인간은 사랑과 혁명을 위해 태어난 것이라고.'

스르륵 장지문이 열리더니 어머니가 웃는 얼굴을 내미시며 말씀하셨다.

"아직 깨어 있었네. 안 졸려?"

책상 위 시계를 보니 12시였다.

"네, 하나도 안 졸려요. 사회주의 책을 읽으니 흥분돼서요."

"그래, 술 없니? 그럴 땐 술을 마셔야 잠이 잘 오는데."

어머니는 놀리는 어조로 말씀하셨는데, 그 태도에는 어딘가 데카당과 종이 한 장 차이의 야릇함이 있었다.

이윽고 10월이 되었지만, 완연한 가을 하늘은 아니고 장마철처럼 습하고 후텁지근한 날이 이어졌다. 그리고 어머니의 열은 여전히 매일 저녁만 되면 38도와 39도 사이를 오르내렸다.

그러던 어느 날 아침, 나는 무서운 것을 보고 말았다. 어머니의 손이 퉁퉁 부어 있었던 것이다. 아침밥이 제일 맛있다던 어머니가, 요즘은 이부자리에 앉아 아주 조금, 가볍게 죽 한 그릇만 드시고, 반찬도 냄새가 강한 건 못 드신다. 그날은 송이버섯을 넣은 맑은장국을 드렸는데, 송이 향마저 싫으신지, 국그릇을 입가에 가져가다 말고 다시 살며시 밥상 위에 내려놓으셨다. 그때 나는 어머니의 손을 보고 깜짝 놀랐다. 오른손이 퉁퉁 부어올라 있었다.

"어머니! 손, 괜찮아요?"

얼굴도 약간 창백하고 부어오른 듯했다.

"아무것도 아니야. 이 정도 가지고 뭘."

"언제부터 부은 거예요?"

어머니는 눈이 부시다는 얼굴로 잠자코 계셨다. 나는 소리 내 울고 싶었다. 이런 손은 어머니의 손이 아니다. 다른 집 아주머니의 손이다. 우리 어머니의 손은, 훨씬 가늘고 작은 손이다. 내가 잘 아는 손, 보드라운 손, 귀여운 손, 그 손은 영영 사라져버린 걸까? 왼손은 아직 그렇게까지 붓지는 않았지만, 어쨌든 너무 안쓰러워 차마 보고 있을 수가 없던 나머지, 눈을 돌려 도코노마*의 꽃바구니를 노려보았다.

눈물이 나올 것 같아 견딜 수가 없었다. 벌떡 일어나 식당으로 가니, 나오지가 혼자 반숙 달걀을 먹고 있었다. 나오지는 어쩌다 이즈의 집에 있는 날에도, 밤이면 으레 오사키 아주머니 댁에 가서 소주를 마시고, 아침에는 불쾌한 얼굴을 하고선, 밥은 안 먹고 반숙 달걀만 네댓 개 먹는 게 다였는데, 그러고 나면 2층으로 가서 자다 깨다 했다.

"어머니 손이 부어서……."

나오지에게 말하다 말고 고개를 숙였다. 말을 잇지 못하고, 고개를 떨군 채 어깨를 들썩이며 울었다.

나오지는 말이 없었다.

나는 고개를 들고서,

"이젠 다 틀렸어. 넌 눈치 못 챘니? 저렇게 부으면 이젠 가망 없는 거야."

* 일본식 방바닥을 한층 높게 만들어 벽에는 족자를 걸고 바닥에는 꽃이나 장식물을 두는 공간.

138

하고 식탁 모서리를 잡고 말했다.

나오지의 낯빛도 어두워졌다.

"얼마 안 남은 거지. 제기랄, 뭐 이러냐."

"난 다시 고쳐드리고 싶어. 무슨 수를 써서든 꼭 낫게 해드리고 싶어."

내가 오른손으로 왼손을 쥐어뜯으며 말하는데 갑자기 나오지가 훌쩍이기 시작했다.

"왜 이렇게 되는 게 없냐? 우리한텐 왜 이렇게 되는 일이 하나도 없지?"

그러고는 주먹으로 눈을 마구 비벼댔다.

그날 나오지는 와다 외삼촌께 어머니의 상태를 알리고 앞으로 어떻게 하면 좋을지 의논하러 상경했고, 나는 어머니 곁을 지킬 때 말고는 아침부터 밤까지 울었다. 아침 안개 속에 우유를 받으러 가면서도, 거울을 보며 머리를 매만지면서도, 립스틱을 바르면서도, 계속 나는 울었다. 어머니와 보낸 행복했던 나날들, 이런저런 일들이 그림처럼 떠올라 흐르는 눈물을 주체할 수 없었다. 저녁이 되어 어둠이 내리자 응접실 베란다로 나가 한참을 흐느껴 울었다. 가을 하늘에 별이 반짝이고 발밑엔 다른 집 고양이가 웅크리고 앉아 꼼짝도 하지 않았다.

이튿날, 손의 부기는 어제보다 한층 더 심해져 있었다. 식사는 아무것도 드시지 못했다. 감귤 주스도 입안이 헐어 쓰라려 못 드시겠다고 하셨다.

"어머니, 나오지가 말한 그 마스크 다시 하실래요?"

웃으며 말하려고 했는데, 말하다 그만 너무 슬퍼져 엉엉 울고 말았다.

"매일 바빠서 고단하지? 간호사를 고용하렴."

어머니는 내게 나직이 말씀하셨는데, 당신 몸보다 내 몸을 더 걱정하고 계신다는 걸 너무도 잘 알기에, 더욱 서글퍼진 나는 일어서 욕실로 달려가 목놓아 울었다.

점심때가 조금 지나, 나오지가 미야케 선생님과 간호사 두 명을 데리고 왔다.

늘 농담만 하시던 선생님도 그때는 성난 기색으로 쿵쿵, 방으로 들어오셔서 곧바로 진찰을 시작하셨다. 그러고는 혼잣말처럼,

"많이 약해지셨네."

하고 낮게 한마디 하시고는 캠퍼 주사를 놓으셨다.

"선생님, 숙소는요?"

어머니는 헛소리처럼 말씀하셨다.

"이번에도 나카오카입니다. 예약해 두었으니 염려 마세요. 환자분은 남 일 걱정은 그만하시고 좀더 하고 싶은 대로, 드시고 싶은 건 뭐든 많이 드십시오. 영양을 섭취하면 좋아질 거예요. 내일 또 들르겠습니다. 간호사를 한 사람 두고 갈 테니 필요할 때 도움받으시고요."

선생님은 병상에 누운 어머니를 향해 큰 소리로 말씀하시고는, 나오지에게 눈짓을 하며 일어나셨다.

나오지 혼자 선생님과 간호사를 배웅하고, 이윽고 돌아온 나오지를 보니 울음을 참고 있는 얼굴이었다.

우리는 슬며시 어머니 방에서 나와 식당으로 갔다.

"방법이 없대? 그래?"

"제기랄."

나오지는 입을 일그러뜨리며 웃고는,

"급격히 쇠약해지신 모양이야. 오늘 내일 할지도 모른대."

하고 말하던 나오지의 눈에서 눈물이 쏟아졌다.

"사람들한테 전보를 쳐야지 않을까?"

나는 오히려 침착하게 말했다.

"그 문젠 외삼촌께도 말해봤는데, 지금은 그렇게 사람들을 불러모을 수 있는 시기가 아니래. 와도 이런 좁은 집에서는 오히려 실례야. 이 근처엔 변변한 숙소도 없는 데다 나가오카 온천에도 방을 두 개 세 개 예약할 수도 없는 노릇이고. 고로 우리는 이제 가난해서 그런 높으신 분들은 불러들일 힘이 없다는 거야. 외삼촌은 곧 오시겠지만, 그 양반은 옛날부터 구두쇠라 도통 믿음이 안 가. 어젯밤에도 어머니 병은 뒷전이고 내게 어찌나 잔소리만 퍼붓던지. 구두쇠한테 설교를 듣고 정신 차렸다는 인간은 세상천지에 내 단 한 명도 본 적이 없다. 누나 동생 사이지만 엄마와 저 양반은 하늘땅 차이라니까. 진짜 싫어."

"그래도 넌 어쨌든, 앞으로 외삼촌께 의지하지 않으면……."

"됐거든. 차라리 거지가 되는 게 낫지. 누나야말로 앞으로 외삼촌께 잘 보여야 하는 거 아닌가."

"난……."

눈물이 났다.

"난 갈 데가 있어."

"혼담? 결정됐어?"

"아니."

"자립? 일하는 여성? 아서라, 아서."

"자립이 아니야. 난 혁명가가 될 거야."

"뭐?"

나오지는 이상한 표정으로 나를 쳐다봤다.

그때 미야케 선생님이 데려온 간호사가 나를 부르러 왔다.

"부인께서 찾으세요."

나는 서둘러 어머니 방으로 가서 이부자리 옆에 앉아 얼굴을 가까이 대고 물었다.

"뭐 필요하세요?"

어머니는 뭔가 말하려는 눈치였지만 잠자코 계셨다.

"물 드려요?"

가만히 고개를 저으셨다. 물도 아닌 것 같았다.

그러고는 잠시 후, 작은 소리로 말씀하셨다.

"꿈을 꿨어."

"그래요? 무슨 꿈요?"

"뱀 꿈."

나는 흠칫했다.

"툇마루 섬돌 위에 붉은 줄무늬가 있는 암컷 뱀이 있을 거야. 가서 보고 오렴."

나는 몸에 한기를 느끼며 툇마루로 나갔다. 유리문 너머로 보니, 섬돌 위에 뱀이 가을 햇살을 받으며 길게 늘어져 있었다. 나는 어질어질 현기증이 났다.

'너구나. 넌 그때보다 조금 크고 늙었지만, 내가 알을 태워버린 그 어미 뱀이지. 너의 복수는 이제 잘 알겠으니 저리 가. 얼른 물러가.'

속으로 염원하며 그 뱀을 보았지만, 뱀은 꿈쩍도 하려 하지 않았다. 나는 어쩐지 간호사에게 그 뱀을 보이고 싶지 않았다. 나는 쿵, 있는 힘껏 발을 구르며,

"없어요, 어머니. 꿈 따윈 믿을 게 못 돼요."

하고 부러 더 크게 외치며, 흘끗 섬돌 쪽을 보니, 뱀은 그제야 몸을 움직여 스르륵 돌에서 내려갔다.

이젠 틀렸다, 다 틀렸다, 그 뱀을 보자 비로소 내 가슴 밑바닥에서 체념이 솟구쳤다. 아버지가 돌아가실 때도 머리맡에 작고 검은 뱀이 있었다 했고, 또 그때 정원의 나무란 나무에 뱀이 휘감겨 있는 것을, 나는 보았다.

어머니는 이부자리에서 일어날 기력도 없으신지, 늘 꾸벅꾸벅 졸고 계셨다. 이젠 몸을 간호사에게 완전히 내맡겼고, 식사도 거의 못 넘기시는 듯했다. 뱀을 본 후로, 나는 슬

픔의 심연을 빠져나온 마음의 평안이라고나 할까, 그런 행복감과 비슷한 마음의 여유가 생겨, 이제 이렇게 된 이상, 되도록 어머니 곁에 붙어 있어야겠다고 생각했다.

그리고 이튿날부터 어머니 머리맡에 바싹 붙어 앉아 뜨개질을 했다. 나는 뜨개질이며 바느질 모두 남들보다 속도는 훨씬 빨랐지만, 서툴렀다. 그래서 어머니는 그 서툰 부분을 일일이 손을 잡고 가르쳐주시곤 했다. 그날도 나는 뜨개질할 마음은 크게 없었지만, 어머니 곁에 찰싹 붙어 있어도 어색하지 않게, 털실 상자를 꺼내와 열심히 뜨개질을 했다.

어머니는 내 손을 물끄러미 바라보다 말씀하셨다.

"네 양말 뜨는 거지? 그럼 여덟 코 더 늘려야 신을 때 편해."

어린 시절, 아무리 가르쳐줘도 나는 뜨개질에 영 서툴렀다. 그때처럼 당황스럽고 부끄럽고 그립고, 아아, 이젠 이렇게 어머니께서 가르쳐주시는 것도 이것으로 끝이라고 생각하니, 그만 눈물이 어른거려 뜨개질 코가 보이지 않았다.

어머니는 이렇게 누워 계실 때는 조금도 고통스러워하지 않으셨다. 식사는 아침부터 통 드시질 못해 가제에 차를 적셔 이따금 입을 축여드릴 뿐이었으나, 의식은 또렷해서 때

때로 내게 다정히 말을 거셨다.

"신문에 폐하의 사진이 실린 것 같던데 다시 보여주련."

나는 신문의 그 부분을 어머니 얼굴 위로 보여드렸다.

"늙으셨구나."

"아뇨, 사진이 잘 안 나온 거예요. 지난번 사진은 얼마나 젊고 생기 있게 나왔다고요. 오히려 이런 시대가 온 걸 기뻐하실 거예요."

"왜?"

"폐하도 이젠 해방되셨으니까요."

어머니는 쓸쓸한 웃음을 지으셨다. 그리고 잠시 후, 말씀하셨다.

"울고 싶어도, 이젠 눈물이 안 나."

나는 문득, 어머니가 지금 행복하신 게 아닐까, 생각했다. 행복이란 비애의 강물 속에 가라앉아 있는, 희미하게 빛나는 사금 같은 것이 아닐까. 슬픔의 끝을 지나 묘하면서도 아스라한 기분, 그것이 행복이라면, 폐하도 어머니도 그리고 나도 지금 분명 행복한 것이리라. 고요한 가을날 오전. 햇살 부드러운 가을의 정원. 나는 뜨개질을 멈추고 가슴 높이에서 반짝이는 바다를 바라보았다.

"어머니, 전 지금까지 세상을 너무 몰랐어요."

더 하고 싶은 말이 있었으나, 방 한쪽에서 정맥주사 준비를 하는 간호사가 들을까 부끄러워 말을 멈췄다.

"지금까지라니……."

어머니는 엷은 미소를 띠며 물으셨다.

"그럼 지금은 세상을 알 것 같니?"

나는 어쩐지 얼굴이 새빨개졌다.

"세상은 알 수 없어."

어머니는 고개를 돌려 혼잣말처럼 작은 소리로 말씀하셨다.

"난 모르겠어. 세상을 아는 사람이라, 아마 없지 않을까? 아무리 세월이 흘러도 다 어린애야. 아무것도 알 수 없어."

그렇더라도 나는 살아가야만 한다. 어린애일지도 모르지만, 그렇다고 응석만 부리고 있을 순 없게 되었다. 나는 이제부터 세상과 싸워나가야만 한다. 아아, 어머니처럼 남들과 다투지 않고, 미워하지도 않고, 원망하지도 않고, 아름답고 슬프게 생을 마칠 수 있는 사람은 이제 어머니가 마지막이지 않을까? 더는 이 세상에 존재할 수 없는 게 아닐까? 죽어가는 사람은 아름답다. 산다는 것, 살아남는다는 것, 그건 아주 추하고 피비린내 나는, 역겨운 일인지도 모르겠다. 나는 다다미 위에서 알을 품고 구멍을 파는 뱀의 모습을 그려 보았다. 하지만 내겐 포기할 수 없는 게 있다. 한심스러워도 좋다. 나는 살아남아서, 결심한 일을 끝까지 해내기 위해 세상과 싸워나가리라. 결국, 어머니의 죽음이 분명해지자, 나의 로맨티시즘과 감상은 점차 사라지고, 뭔가 방심할 수 없는 교활한 생물체로 변해가는 것 같았다.

그날 오후, 어머니 곁에서 입을 축여드리고 있는데, 문 앞에 자동차가 섰다. 와다 외삼촌이 숙모와 함께 도쿄에서 차로 달려오신 것이다. 외삼촌이 방으로 들어와 어머니 머리맡에 말없이 앉자, 어머니는 손수건으로 얼굴 아래를 절반쯤 가린 채, 외삼촌 얼굴을 바라보며 우셨다. 하지만 울상이 되었을 뿐, 눈물은 흐르지 않았다. 마치 인형 같았다.

"나오지는 어딨니?"

잠시 후, 어머니가 내 쪽을 바라보며 말씀하셨다.

나는 2층으로 올라가 방 소파에 엎드려 신간 잡지를 읽고 있던 나오지를 불렀다.

"어머니가 찾으셔."

"와, 또 신파극인가. 그대들은 거기서 잘도 참으며 용케

버티고 있구려. 무디도다. 박정하도다. 우린 너무나 괴롭고 가슴은 터질 듯 뜨거우나, 육신이 약해 어머니 곁에 있을 기력이 없구려."

그러면서 나오지는 옷을 걸치고 나와 함께 2층에서 내려왔다.

두 사람이 나란히 어머니 머리맡에 앉자, 어머니는 갑자기 이불 속에서 손을 꺼내 말없이 나오지 쪽을 가리키고, 나를 가리킨 뒤, 외삼촌 쪽으로 얼굴을 돌려 손바닥을 마주 대셨다.

외삼촌은 크게 고개를 끄덕이며,

"아아, 알겠습니다."

하고 말씀하셨다.

어머니는 안심하신 듯 눈을 가만히 감고 손을 이불 속으로 살며시 넣으셨다.

나도 울고 나오지도 고개를 떨군 채 오열했다.

그때 미야케 선생님이 나가오카에서 오셔서 서둘러 주사를 놓았다. 어머니도 외삼촌을 만나 더는 미련이 없다고 생각하셨는지,

"선생님, 어서 편하게 해주세요."

하고 말씀하셨다.

선생님과 외삼촌은 얼굴을 마주 보고 말없이 계셨다. 두 분의 눈에 눈물이 반짝였다.

나는 일어나 식당으로 가서, 외삼촌이 좋아하시는 유부 우동을 만들어 선생님과 나오지, 숙모가 드실 4인분을 응접 실로 가져갔다. 그리고 외삼촌이 사 오신 마루노우치 호텔 의 샌드위치를 어머니께 보여드리고 머리맡에 놓았다.

"바쁘지?"

어머니는 작은 소리로 말씀하셨다.

응접실에서 모두 모여 잠시 잡담을 나눴다. 외삼촌과 숙 모는 오늘 밤 중으로 도쿄로 돌아가야 한다며 내게 위로금 봉투를 건네셨고, 미야케 선생님도 간호사와 함께 돌아가 셔야 해서 다른 간호사에게 이런저런 처치법을 일러주셨 다. 어쨌든 아직 의식은 또렷하고 심장도 그럭저럭 괜찮으 니 주사만으로도 4, 5일은 괜찮을 거라며, 그날은 일단 모두 자동차를 타고 도쿄로 돌아간 것이다.

모두를 배웅하고 방으로 가니, 어머니가 내게만 짓는 다 정한 미소를 보이시며,

"바빴지?"

하고 또 속삭이듯 작은 소리로 말씀하셨다. 그 얼굴에 생기가 넘쳐 오히려 빛나고 있는 것처럼 보였다. 외삼촌을 만나 기뻐서 그런 거라고, 나는 생각했다.

"아뇨."

나도 살짝 들떠 방긋이 웃었다.

이것이 어머니와의 마지막 대화였다.

그러고 나서 세 시간쯤 지나 어머니는 돌아가셨다. 가을날 적요한 황혼, 간호사가 맥을 짚고 나오지와 나, 단 두 사람의 혈육이 지켜보는 가운데, 일본의 마지막 귀부인이었던 아름다운 어머니가.

돌아가신 어머니의 얼굴은 거의 그대로였다. 아버지가 돌아가실 때는 순식간에 얼굴빛이 변했지만, 어머니의 낯빛은 조금도 변하지 않고, 그저 호흡만 멈췄다. 숨이 멎은 것도 언제인지 정확히 알 수 없을 정도였다. 얼굴의 부기도 전날부터 가라앉아 뺨이 밀랍처럼 매끄럽고, 얇은 입술은 살짝 일그러져 미소를 머금은 듯 보여, 생전의 어머니보다 더 아름다웠다. 나는 피에타의 마리아를 닮았다고 생각했다.

# 6

전투 개시.

언제까지고 슬픔에 잠겨 있을 순 없었다. 내게는 반드시 쟁취해야 할 것이 있다. 새로운 윤리, 아니, 그렇게 말하면 위선적이다. 사랑. 그뿐이다. 로자가 새로운 경제학에 의지하지 않고서는 살아갈 수 없었듯, 나는 지금 사랑 하나에 매달리지 않고서는 살아갈 수 없다. 예수님이 이 세상의 종교인, 도덕가, 학자, 권위자의 위선을 폭로하고, 하나님의 참된 애정을 조금의 주저함도 없이 있는 그대로 사람들에게 전하기 위해, 열두 제자를 각지에 파견하며, 제자들에게 들려주신 말씀은, 이런 나의 경우에도 전혀 무관하지 않은 듯했다.

"전대에 금이나 은이나 동을 가지고 다니지 말 것이며, 여행 보따리나 여벌 옷이나 신이나 지팡이도 가지고 다니지 마라. 보라, 내가 너희를 보냄은 마치 양을 이리떼 한가운데로 모는 것과 같다. 그러니 너희는 뱀같이 슬기롭고 비둘기같이 양순해야 한다. 사람들을 삼가라. 너희를 법정에 넘기고 회당에서 매질할 것이니. 또 너희는 나 때문에 총독들과 왕들에게 끌려가 재판을 받으며, 그들과 이방인들 앞에서 나를 증언하게 될 것이다. 그러나 잡혀 갔을 때 '무슨 말을 어떻게 할까?' 하고 미리 걱정하지 마라. 때가 오면 너희가 해야 할 말을 일러주실 것이다. 말하는 이는 너희가 아니라 너희 안에서 말씀하시는 아버지의 성령이시다. 그리고 너희는 나 때문에 모든 사람에게 미움을 받을 것이다. 그러나 끝까지 참는 사람은 구원을 받을 것이니라. 이 동네에서 너희를 박해하거든 저 동네로 피하여라. 나는 분명히 말하노라. 너희가 이스라엘의 동네들을 다 돌기 전에 사람의 아들이 올 것이다.

육신은 죽여도 영혼은 죽이지 못하는 자들을 두려워하지 말고, 영혼과 육신을 아울러 지옥에 던져 멸할 수 있는 자를 두려워하여라. 내가 세상에 평화를 주러 온 줄로 생각지 마라. 평화가 아니라 칼을 주러 왔다. 나는 아들은 아비와 맞서고, 딸은 어미와, 며느리는 시어머니와 서로 맞서게 하려고 왔노라. 집안 식구가 바로 자기 원수다. 아비와 어미를 나보다 더 사랑하는 자는 내 사람이 될 자격이 없고, 아들이나 딸을 나보다 더 사랑하는 자도 내 사람이 될 자격이 없다. 또 자기 십자가를 지고 나를 따르지 않는 사람도 내 사람이 될 자격이 없다. 자기 목숨을 얻으려는 자는 잃을 것이며, 나를 위하여 자기 목숨을 잃는 자는 얻을 것이다."

전투 개시.

만약 내가 사랑을 위해 예수의 이런 가르침 전부를 고스란히 반드시 지키겠노라 맹세한다면, 예수님은 꾸짖으실까. 왜 '연애'가 나쁘고 '사랑'이 좋은 건지, 나는 모르겠다. 똑같다는 생각이 든다. 뭔지도 모르는 사랑을 위해, 연애를 위해, 그 슬픔을 위해, 몸과 영혼을 지옥에서 멸할 수 있는 자, 아아, 나는 나야말로 그런 자라고 주장하고 싶다.

외삼촌의 도움으로 어머니의 장례는 집안사람들끼리만 조용히 이즈에서 치르고, 정식 장례는 도쿄에서 치렀다. 그 후, 나오지와 나는 다시 이즈의 산장에서 서로 얼굴을 마주

154

해도 말이 없는, 까닭 모를 서먹한 생활을 했다. 나오지는 출판업을 위한 자본금이라는 명목으로 어머니의 보석류를 몽땅 털어가, 도쿄에서 술을 퍼마시다 지치면, 이즈의 산장에 중환자처럼 창백한 낮으로 비틀비틀 돌아와 잤다. 어느 날은 댄서 같아 보이는 젊은 여자를 데려왔는데, 이번만큼은 나오지도 조금 머쓱한 눈치였다.

"오늘 나 도쿄에 좀 가도 될까? 오랜만에 친구 집에 놀러 가고 싶어서. 한 2, 3일 밤 묵고 올 테니 네가 집 좀 봐줘. 식사는 저분한테 부탁하면 되겠네."

나오지의 약점을 놓치지 않고, 이른바 뱀처럼 지혜롭게, 가방에 화장품이며 빵 같은 걸 쑤셔 넣고, 지극히 자연스럽게 그 사람을 만나러 상경할 수 있었다.

도쿄 교외에 있는 오기쿠보역 북쪽 출구에 내려 20분쯤 가면, 그 사람이 전후에 새로 이사한 집에 도착할 수 있다는 이야기를, 전에 나오지한테 얼핏 들은 적이 있다.

초겨울 찬 바람이 강하게 부는 날이었다. 오기쿠보역에 내렸을 무렵에는 이미 주위에 어둠이 내렸다. 나는 오가는 사람을 붙잡고 그의 집 주소를 대며 물어봤다. 알려준 방향으로 한 시간 가까이 어두운 교외 골목을 헤매는데, 너무 불안해서 눈물이 났다. 그러다 자갈길 돌부리에 걸려 넘어질 뻔하는 바람에 게다 끈이 툭 끊어졌다. 이를 어쩌지, 하며 우두커니 그 자리에 멈춰 서 있는데, 문득 오른쪽에 있는 두 집 가운데 한 집의 문패가 어둠 속에서 희뿌옇게 떠올랐다. 거기에 우에하라라고 쓰여 있는 것 같아, 한쪽은 버선만 신은 채로 그 집 현관으로 달려가 다시 문패를 유심히 들여다보니, 분명 우에하라 지로라고 적혀 있었지만, 집 안은 컴컴했다.

어쩌지, 또 잠시 그 자리에 우두커니 서 있다 몸을 내던지는 심정으로 현관 격자문에 쓰러지듯 바짝 붙어 섰다.

"실례합니다."

그러고서 양손 끝으로 격자문을 쓰다듬으며,

"우에하라 씨."

하고 나직이 속삭였다.

대답은 있었다. 그러나 그건 여자 목소리였다.

현관문이 열리더니, 얼굴이 갸름하고 고풍스러운 분위기를 풍기는, 나보다 서너 살 위로 보이는 여자가 현관 어둠 속에서 살짝 웃으며,

"누구신가요?"

하고 물었는데, 그 말투에는 아무런 악의도 경계도 없었다.

"그게, 저어……."

하지만 나는 내 이름을 차마 말하지 못했다. 이 사람에게만은 이상하게도 내 사랑이 떳떳지 못하게 느껴졌다. 쭈뼛쭈뼛 비굴하게 물었다.

"선생님은요? 안 계신가요?"

"아, 네."

하고 대답하고는 안됐다는 듯 내 얼굴을 보았다.

"하지만 가시는 곳은 보통……."

"멀리?"

"아뇨."

우스운 듯 한 손을 입에 갖다 대며 말했다.

"오기쿠보예요. 역 앞에 있는 시라이시라는 어묵집에 가시면, 행선지를 대충 알 수 있을 거예요."

나는 날아오를 듯 기뻤다.

"아, 그렇군요."

"어머, 신발이."

부인의 권유로 나는 안으로 들어가 현관 마루에 앉았다.

부인에게서 대체 끈이라고나 할까, 게다 끈이 끊어졌을 때 손쉽게 기워 신을 수 있는 가죽 끈을 받아 게다를 고쳤다. 그사이 부인은 촛불을 켜 현관으로 가져와서는, 진심으로 태평스럽게 웃으며 말했다.

"하필 전구 두 개가 다 나가버려서요. 요즘 전구는 터무니없이 비싼 데다 쉽게 나가버려서 못 쓰겠어요. 남편이 있으면 사 달라고 할 텐데, 어젯밤에도 그저께 밤에도 안 돌아와서 우린 사흘째 무일푼이라 일찍 잠자리에 들어요."

부인 뒤에는 한 열두세 살쯤 되었을까, 눈이 크고 사람을 잘 따를 것 같지 않은 깡마른 여자아이가 서 있었다.

적. 나는 그렇게 생각지 않지만, 이 부인과 아이는 언젠가 나를 적으로 여기며 미워할 게 틀림없다. 그렇게 생각하자 내 사랑도 단박에 식어버린 듯한 기분이 들었다. 게다 끈을 갈아 끼우고 손에서 탁탁 먼지를 털어내는데, 맹렬하게 밀려오는 쓸쓸함을 견딜 수가 없었다. 방으로 뛰어들어 캄캄한 어둠 속에서 부인의 손을 잡고 울어버릴까, 하는 마음이 요동쳤지만, 문득 그러고 나서 닥쳐올 뻔뻔스럽고 아무런 형체를 알 수 없는 시시한 자신의 모습을 그려보니 그러기 싫어졌다.

"감사했습니다."

나는 바보 같을 정도 공손히 인사를 하고, 밖으로 나와 초겨울 찬 바람을 맞았다. 전투 개시, 사랑해, 좋아해, 그리워, 정말 사랑해, 정말 좋아해, 정말 그리워, 사랑하니까 어쩔 수 없어, 좋아하니까 어쩔 수 없어, 그리우니까 어쩔 수 없어, 그 부인은 분명 보기 드물게 좋은 분, 그 딸도 예뻐, 그렇지만 나는 하느님의 심판대에 세워진대도 양심의 가책을 조금도 느끼지 않아, 인간은 사랑과 혁명을 위해 태어난 거야, 하느님도 벌하실 리 없어, 난 손톱만큼도 나쁘지 않아, 정말 좋아하니까 떳떳하게 그 사람을 만나는 그날까지, 이틀 밤이고 사흘 밤이고 노숙을 하는 한이 있더라도 반드시.

역 앞 시라이시라는 어묵집은 금방 찾았다. 하지만 그 사람은 없었다.

"아사가야에 있을 거예요, 분명. 아사가야역 북쪽 출구에서 곧장 나가면 음, 150미터쯤? 철물점이 있을 거예요. 거기서 오른쪽으로 꺾어 50미터쯤 가면, 야나기야라는 작은 요릿집이 있어요. 선생님은 요즘 야나기야의 오스테 씨랑 어찌나 뜨거운지, 거기서 죽치고 산다니까요. 못 말려요, 진짜."

역에 가서 표를 산 뒤, 도쿄행 전철에 올라 아사가야에서 내려, 북쪽 출구에서 약 150미터, 철물점에서 오른쪽으로 꺾어 50미터쯤 갔다. 야나기야는 고요했다.

"방금 막 나가셨어요. 이제부터 니시오기의 지도리로 몰려가서 밤새도록 마실 거라던데요."

나보다 어리고 침착하고 고상하고 친절해 보이는 이 사람이 오스테 씨라는, 그분과 뜨겁다던 그 사람일까.

"지도리? 니시오기의 어디쯤이죠?"

불안해서 눈물이 날 것 같았다. 내가 지금 미쳐가는 건 아닐까, 문득 생각했다.

"잘은 모르겠지만, 니시오기역에서 내려 남쪽 출구로 나가 왼쪽으로 들어간 곳이라던가, 어쨌든 파출소에다 물어보면 알 수 있지 않을까요? 어차피 한 집에서 끝낼 양반은 아니라, 지도리로 가기 전에 또 어딘가로 샜을지 몰라요."

"지도리로 가봐야겠어요. 안녕히 계세요."

다시 되돌아갔다. 아사가야에서 다치가와행 전철을 타고, 오기쿠보, 니시오기역의 남쪽 출구로 나와 찬 바람을 맞으며 헤매다가 파출소를 찾아가 지도리의 위치를 묻고는, 일러준 대로 밤길을 달리다시피 걸어, 지도리의 파란 등롱을 발견하고 서슴없이 격자문을 열었다.

흙마루가 있고, 바로 앞에 세 평 크기의 다다미방이 있었다. 담배 연기로 자욱한 그 방에는 열 명 남짓한 사람들이, 커다란 탁자를 둘러싸고 왁자지껄 술판을 벌이고 있었다. 나보다 어려 보이는 아가씨도 셋이나 끼어 앉아 담배를 피우고 술을 마시고 있었다. 나는 흙마루에 서서 두리번대다 찾아냈다. 그리고 꿈을 꾸는 듯한 기분이 들었다. 아니었다. 6년. 완전히 다른 사람이 되어 있었다.

이 사람이, 나의 무지개, M.C, 내 삶의 보람, 그 사람이던가? 6년. 흐트러진 머리칼은 옛날 그대로였지만 처량하리만치 불그죽죽해졌고, 얼굴은 누렇게 뜬 데다, 눈가는 벌겋게 짓물렀다. 앞니 빠진 입을 연신 우물거리고 있는데, 그 모습이 흡사 늙은 원숭이 한 마리가 방구석에 구부정하게 앉아 있는 느낌이었다.

한 아가씨가 나를 발견하고는, 우에하라 씨에게 눈짓으로 내가 왔다는 걸 알렸다. 그 사람은 앉은 채로 가늘고 긴 목을 쭉 빼 내 쪽을 바라보더니, 표정 없는 얼굴로 들어오라고 턱짓했다. 좌중은 내게 아무런 관심도 없다는 듯 계속 떠들어대면서도, 조금씩 자리를 좁혀 우에하라 씨 바로 오른쪽에 내 자리를 만들어주었다.

나는 잠자코 앉았다. 우에하라 씨는 내 컵에 넘칠 듯 술을 가득 따라 주고, 자기 컵에도 술을 채우고는 쉰 목소리로 낮게 말했다.

"건배!"

두 컵이 힘없이 부딪치며 챙, 하고 슬픈 소리가 났다.

기요틴 기요틴 슐슐슈, 하고 누군가 말하면, 거기에 또 한 사람이 기요틴 기요틴 슐슐슈, 하고 챙, 컵을 세게 맞부딪치며 쭉 들이켰다. 기요틴 기요틴 슐슐슈, 기요틴 기요틴 슐슐슈, 여기저기서 그 엉터리 노래가 터져 나오고, 챙, 챙, 열심히 컵을 부딪치며 건배를 했다. 그런 시시껄렁한 리듬으로 흥을 돋워, 술을 목구멍 속으로 억지로 흘려 넣는 것 같았다.

"먼저 실례."

하며 비틀비틀 돌아가는 사람이 있는가 하면, 새로 온 손님이 슬그머니 들어와 우에하라 씨와 가볍게 인사만 하고 사람들 틈에 끼어들기도 했다.

"우에하라 씨, 거기요, 우에하라 씨, 거기 말입니다. 아아아, 하는 부분 말인데요. 거긴 어떻게 하면 좋을까요? 아, 아, 아? 입니까? 아아, 아? 입니까?"

몸을 쑥 내밀며 묻는 사람은 나도 분명 무대에서 본 적이 있는 신극 배우 후지타였다.

"아아, 아, 지. 아아, 아. 지도리 술은 비싸, 하는 식으로 말이야."

라는 우에하라 씨.

"허구한 날 돈타령이지."

라는 아가씨.

"참새 두 마리에 1전이면, 비싼 겁니까? 싼 겁니까?"

라는 젊은 신사.

"한 푼도 남김없이 갚아야 한다는 말씀도 있고, 어떤 자에게는 5달란트, 어떤 자에게는 2달란트, 어떤 자에게는 1달란트 같은 엄청 까다로운 비유도 있고 말이야. 가만 보면 그리스도도 계산은 아주 확실하단 말이지."

라는 또 다른 신사.

"게다가 그 작자는 술꾼이었어. 이상하게 바이블에는 술에 관한 비유가 많다 했더니만, 아니나 다를까, 보아라, 술을 즐기는 자여, 라고 비난받았다고 바이블에 있더라니까. 술을 마시는 자가 아니라 술을 즐기는 자라고 했으니, 엄청난 술꾼이었던 게야. 한 되는 마셨을걸."

라는 또 한 사람의 신사.

"자자, 그만둬. 아아, 아, 그대들은 도덕이 두려워 예수를 이용하려는가! 지에짱, 마시자. 기요틴 기요틴 슐슐슈."

우에하라 씨는 가장 어리고 아름다운 아가씨와 쨍, 하고 컵을 세차게 부딪치고는 쭉 들이켰다. 술이 입가로 뚝뚝 흘러 턱이 젖자, 아무렇게나 거칠게 손바닥으로 훔치고는 요란한 재채기를 연거푸 대여섯 번 했다.

나는 슬며시 일어나 옆방으로 가서 병자처럼 창백하게 야윈 여주인에게 화장실을 묻고 다시 돌아오는 길에 그 방을 지나는데, 조금 전 가장 예쁘고 어린 그 지에짱이라는 아가씨가 나를 기다렸다는 듯이 서서,

"배 안 고파요?"

하고 다감하게 웃으며 물었다.

"네. 근데 전 빵을 가져와서요."

"별건 없지만……."

병자 같은 여주인은 그렇게 말하며, 나른한 듯 기다란 목제 화로에 기대앉은 채 말했다.

"이 방에서 식사해요. 저런 술고래들과 상대하다간 밤새 아무것도 못 먹어요. 앉아요, 여기. 지에코도 같이."

"어이, 기누짱, 술 없네!"

옆방에서 신사가 소리쳤다.

"네, 네."

기누짱이라는 서른 안팎의, 세련된 줄무늬 기모노를 입은 여종업원이 술병을 쟁반에 열 개 정도 받쳐 들고 부엌에서 나타났다.

"잠깐!"

여주인이 불러세우더니,

"여기도 두 병."

하고 웃으며 말했다.

"그리고 기누짱, 미안한데 뒷집 스즈야에 가서 우동 두 그릇만 빨리 만들어 달라 해."

나와 지에짱은 화로 옆에 나란히 앉아 손을 쬐었다.

"방석 깔아요. 추워졌네요. 한잔하실래요?"여주인은 자신의 찻잔에 술을 따르고서, 다른 두 찻잔에도 술을 따랐다.

그리고 우리 세 사람은 말없이 술을 마셨다.

"다들 술이 세네요."

여주인은 어쩐지 숙연한 투로 말했다.

드르륵 바깥문 열리는 소리가 나더니, 젊은 남자 목소리가 들렸다.

"선생님, 가져왔습니다."

"하여간 우리 사장님은 영 깐깐하다니까요. 2만 엔 달랬는데 고작 만 엔."

"수표인가?" 우에하라 씨의 쉰 목소리.

"아뇨, 현찰이에요. 죄송합니다."

"뭐, 됐어. 영수증 써주겠네."

기요틴 기요틴 슐슐슈, 하는 건베 노래가 그 와중에도 좌중 사이에서 끊임없이 흘러나왔다.

"나오 씨는?"

여주인이 진지한 얼굴로 지에코에게 물었다. 나는 흠칫했다.

"모르죠. 제가 나오 씨 감시자도 아니고."

지에코는 당황하며 애처로울 만큼 얼굴을 붉혔다.

"요새 우에하라 씨랑 무슨 일 있는 거 아니야? 늘 붙어 다녔는데."

여주인이 차분히 말했다.

"춤이 더 좋아졌다나 봐요. 댄서 애인이라도 생겼나 보죠."

"나오 씨, 술에다 이젠 여자까지 진짜 못 봐주겠네."

"스승의 가르침인 거죠."

"하지만 나오 씨가 더 나빠. 그런 철부지 도련님이 무너지면……."

"저기."

나는 미소를 띠며 끼어들었다. 잠자코 있다가는 도리어 이 두 사람에게 실례가 되겠구나 싶었다.

"저 나오지 누나예요."

여주인은 깜짝 놀란 듯 내 얼굴을 다시 봤지만, 지에코는 태연하게 말했다.

"많이 닮았어요. 아까 어두운 마루에 서 있는 걸 보고 얼마나 놀랐다고요. 나오 씬가 하고."

"그렇습니까?"

여주인은 어조를 바꾸어 말했다.

"이런 누추한 곳까지 오시고. 그런데 우에하라 씨랑은 전부터?"

"네, 6년 전에 뵙고……."

말문이 막혀 고개를 숙이자 눈물이 나올 것 같았다.

"오래 기다리셨죠?"

여종업원이 우동을 가져왔다.

"드세요, 식기 전에."

주인아주머니가 권했다.

"잘 먹겠습니다."

우동 국물에서 피어오르는 뜨거운 김에 얼굴을 묻고 후루룩후루룩 우동을 먹으며, 나는 지금이야말로 살아 있다는 것의 쓸쓸함, 그 극한을 맛보고 있는 듯한 기분이 들었다.

기요틴 기요틴 슐슐슈, 기요딘 기요틴 슐슐슈, 낮게 흥얼거리면서 우에하라 씨가 우리 방에 들어와, 내 옆에 털썩 책상다리를 하고 앉더니, 아무 말 없이 여주인에게 큼직한 봉투를 건넸다.

"이걸로 때울 생각 마세요."

여주인은 봉투 속을 들여다보지도 않고, 화로 서랍에 집어넣고는 웃으며 말했다.

"가져올게. 나머진 내년에."

"저렇다니까."

만 엔. 저 돈이면 전구를 몇 개나 살 수 있을 텐데. 나도 그 돈이면 일 년은 너끈히 살 수 있다.

아아, 이 사람들은 뭔가 잘못되었다. 하지만 이 사람들도 내 사랑과 마찬가지로 이렇게라도 하지 않고선, 살아갈 수 없을지도 모른다. 사람은 이 세상에 태어난 이상, 어떻게든 살아야 한다면, 이 사람들이 이런 식으로 생을 이어가는 모습도 증오해선 안 된다. 살아 있는 것. 살아 있다는 것. 아아, 이 얼마나 힘들고 숨 가쁘게 이어지는 큰 사업이란 말인가.

"어쨌든."

옆방의 신사가 말했다.

"앞으로 도쿄에서 살아가려면 말이야. 안녕하쇼, 그따위 경박하기 짝이 없는 인사를 능청스럽게 할 수 있어야 한단 말이지. 지금 우리한테 중후니 성실이니 그런 미덕을 요구하는 건, 죽겠다고 목매단 사람 다리를 잡아당기는 꼴이야. 중후? 성실? 퓜, 흥이다 그래. 그딴 게 밥 먹여주나? 만약에 말이야. 안녕하쇼, 하고 툭 못 던지겠으면, 길은 딱 세 가지밖에 없어. 하나는 귀농, 하나는 자살, 나머지 하나는 기둥서방."

"이 중에 하나도 못 하겠다는 불쌍한 놈에게 마지막 유일한 수단."

다른 신사가 말했다.

"우에하라 지로에게 빌붙어 퍼마시기."

기요틴 기요틴 슐슐슈, 기요틴 기요틴 슐슐슈.

"잘 데가 없겠지?" 우에하라 씨가 낮은 목소리로 혼잣말처럼 말했다.

"저요?"

나는 내게 고개를 쳐든 뱀을 의식했다. 적의. 그것에 가까운 감정이 내 몸을 굳혔다.

"한데 뒤섞여 잘 수 있겠어? 추운데."

우에하라 씨는 나의 분노에 개의치 않고 중얼거렸다.

"무리겠죠."

여주인이 말을 보탰다.

"안됐어요."

쳇, 우에하라 씨가 혀를 찼다.

"그럼 이런 델 오지 말았어야지."

나는 가만히 있었다. 이 사람은 분명 내 편지를 읽었다. 그리고 누구보다도 나를 사랑한다는 것을, 그 사람의 말투에서 단박에 알아차렸다.

"할 수 없군, 후쿠이 씨네라도 부탁해볼까? 지에짱이 데려다줄래? 아니다, 여자들만 가면 위험하지. 거 참 성가시네. 주모, 이 사람 신발 좀 몰래 부엌 쪽에 가져다줘. 내가 바래다주고 올라니까."

밖은 한밤중이었다. 바람은 잦아들고 하늘에는 별이 총총히 빛나고 있었다. 우리는 나란히 걸었다.

"전 얼마든지 섞여서 잘 수 있는데."

우에하라 씨는 졸린 목소리로,

"응."

이라고만 했다.

"둘만 있고 싶었던 거죠? 그렇죠?"

내가 그렇게 말하며 웃자 우에하라 씨는,

"이러니 싫지."

하고 입을 삐죽이며 쓴웃음을 지었다. 나는 내가 무척 사랑받고 있다는 것을 느꼈다.

"술 많이 드시네요. 매일 밤, 드세요?"

"그래, 매일. 아침부터."

"맛있어요? 술이?"

"맛없어."

그렇게 말하는 우에하라 씨의 목소리에, 나는 어쩐지 소름이 끼쳤다.

"일은요?"

"잘 안 돼. 뭘 써도 별로야, 그냥 이젠 슬퍼서 견딜 수가 없어. 목숨의 황혼, 예술의 황혼, 인류의 황혼, 그것도 같잖네."

"위트릴로."•

나는 거의 무의식적으로 뱉었다.

"아아, 위트릴로. 아직 살아 있는 것 같던데. 알코올의 망령. 시체. 최근 10년 동안 그 녀석의 그림은 이상하게 통속적이라 글렀어."

"위트릴로만 그런 게 아니잖아요? 다른 거장들도 전부……."

"그래, 쇠약해졌지. 하지만 새싹도 싹이 튼 채로 시들어가는 거야. 서리, 프로스트. 온 세상에 때아닌 서리가 내리는 것 같아."

우에하라 씨가 내 어깨를 가볍게 감싸 안아 내 몸은 우에하라 씨의 망토 소맷자락에 폭 싸인 모양새가 되었지만, 나는 뿌리치지 않고 오히려 바짝 붙어 천천히 걸었다.

길가의 나뭇가지, 이파리 하나 달리지 않은 앙상한 가지가, 가늘고 뾰족하게 밤하늘을 찌르고 있었다.

"나뭇가지가 아름답네요."

• 모리스 위트릴로(1883~1955). 프랑스의 화가. 일찍이 이상할 정도로 음주벽을 보였고, 1900년에는 알코올중독으로 입원했다.

무심코 내가 혼잣말처럼 말하자,

"응, 꽃과 새까만 가지의 조화가."

하고 그가 살짝 당황한 듯 말했다.

"아뇨, 전 꽃도 잎도 싹도 아무것도 달리지 않은, 이런 가지가 좋아요. 이래 봬도 분명 살아 있잖아요. 마른 가지와는 달라요."

"자연만은 쇠약해지지 않는다는 건가?"

그러고는 다시 재채기를 요란하게 연거푸 했다.

"감기 아녜요?"

"아니, 아냐, 그게 아니고. 사실 이건 내 이상한 버릇이야. 취기가 포화점에 달하면 금세 이런 재채기가 나와. 취기의 바로미터 같은 거지."

"사랑은?"

"응?"

"누군가가 있으신가요? 포화점에 가까운 분이?"

"뭐야, 놀리지 마. 여자는 다 똑같아. 너무 까다로워. 기요틴 기요틴 슐슐슈, 실은 한 사람, 아니, 반 사람 정도 있지."

"제 편지 보셨나요?"

"봤어."

"답장은요?"

"난 귀족은 별로야. 꼭 어딘가 역겹고 오만한 데가 있거든. 당신 동생 나오지도 귀족치곤 꽤 훌륭한 사내지만, 가끔가다 도저히 어울리기 싫을 만큼 건방진 구석이 있단 말이지. 난 시골 농부의 아들이라, 이런 개울가를 지날 때면, 늘 어릴 적 고향 개울에서 붕어나 송사리를 잡던 일이 떠올라 견딜 수가 없어."

우리는 어둠의 밑바닥에서 희미하게 소리 내며 흐르는 개울가를 걷고 있었다.

"하지만 당신네 귀족들은, 그런 우리의 감상을 절대 이해할 수도 없거니와 경멸하지."

"투르게네프는요?"

"귀족이잖아. 싫어."

"하지만 『사냥꾼 일기』⋯⋯."

"응, 그건 좀 괜찮지."

"그건 농촌 생활의 감상⋯⋯."

"그 녀석은 시골 귀족, 이 정도로 타협할까?"

"저도 지금은 시골 사람이에요. 밭을 일구고 있어요. 시골 가난뱅이."

"아직도 날 좋아하나?"

거친 말투였다.

"내 아이를 갖고 싶나?"

나는 대답하지 않았다.

바위가 떨어져 내리는 기세로 그 사람의 얼굴이 다가왔고, 내게 키스를 퍼부었다. 성욕의 냄새가 나는 키스였다. 나는 그 키스를 받으며 눈물을 흘렸다. 굴욕의, 분노의 눈물 같은 씁쓸한 눈물이었다. 눈물이 하염없이 흘러내렸다.

다시 둘이서 나란히 걷는데,

"낭패야, 반해버렸어."

하고 그가 말하며 웃었다.

하지만 나는 웃을 수 없었다. 눈살을 찌푸리고 입을 앙다물었다.

어쩔 수 없다.

말로 표현하자면, 그런 느낌이었다. 나는 내가 게다를 질질 끌며 거칠게 걷고 있음을 깨달았다.

"낭패야."

그가 다시 말했다.

"갈 데까지 가볼까?"

"됐어요."

"요 녀석."

우에하라 씨는 내 어깨를 주먹으로 톡 치더니, 또다시 요란하게 재채기를 했다.

후쿠이 씨라는 분의 집은 이미 다들 잠든 듯했다.

"전보요, 전보! 후쿠이 씨, 전보예요."

우에하라 씨는 크게 외치며 현관문을 두드렸다.

"우에하라?"

집 안에서 남자 목소리가 들렸다.

"그래. 프린스와 프린세스가 하룻밤 잠자리를 청하러 왔네. 너무 추워서 재채기만 나오니, 모처럼 벌인 사랑의 도피도 코미디가 돼버렸어."

현관문이 열렸다. 쉰은 족히 넘은 듯한, 머리가 벗겨지고 몸집이 작은 아저씨가 화려한 잠옷을 입은 채, 묘하게 수줍은 미소로 우리를 맞았다.

"부탁하네."

우에하라 씨는 한마디 내뱉더니 망토도 벗지 않고 집 안으로 성큼성큼 들어갔다.

"아틀리에는 추워서 안 돼. 2층을 빌리지. 이리 와."

내 손을 잡고 복도 끝에 있는 계단을 올라가 어두운 방으로 들어가서는 구석의 스위치를 딸깍 켰다.

"요릿집 방 같아요."

"응, 벼락부자 취향이지. 하지만 저런 엉터리 화가에게는 과분해. 악운이 세서 재해도 피해가. 그러니 이용할 수밖에. 자, 그만 자야지."

자기 집처럼 멋대로 벽장을 열어 이불을 꺼내 깔았다.

"여기서 자. 난 갈 거야. 내일 아침에 데리러 올게. 화장실은 계단 내려가면 바로 오른쪽이야."

우당탕탕, 계단에서 굴러떨어지듯 요란하게 내려가더니 곧 잠잠해졌다.

나는 다시 스위치를 돌려 전등을 끄고 아버지가 외국에서 사다 주신 벨벳 코트를 벗고서 오비*만 풀고 기모노를 입은 채 잠자리에 들었다. 피곤한 데다 술까지 마셔서인지 몸이 나른해 금세 잠들었다.

어느 틈엔가 그 사람이 내 옆에 누워 있고, ……나는 한 시간 가까이 필사적으로 무언의 저항을 했다.

그러다 문득 가여워져서 포기했다.

• 기모노의 허리 부분을 감싸는 띠.

"이렇게 하지 않으면 안심이 안 되는 거죠?"

"뭐, 그렇지."

"당신 아픈 거 아니에요? 각혈하셨죠?"

"어떻게 알았지? 사실 최근에 꽤 심하게 했는데, 아무한
테도 알리지 않았거든."

"어머니가 돌아가시기 전과 같은 냄새가 나요."

"죽어라 마시고 있어. 살아 있다는 게 슬퍼서 미칠 것 같
거든. 외롭다거나, 쓸쓸하다거나, 그런 여유로운 감정이 아
니라 슬퍼. 음침한 탄식의 한숨이 사방의 벽에서 흘러나올
때, 자신들만의 행복 따위 있을 리 없잖아? 자신의 행복도
영광도 살아생전엔 결코 없다는 걸 알게 되면, 사람은 어떤
기분이 들까? 노력? 그딴 건 그저 굶주린 야수의 먹이가 될
뿐이지. 비참한 사람이 너무 많아. 아니꼽나?"

"아뇨."

"사랑뿐이야. 당신이 편지에서 말한 대로."

"그래요."

나의 그 사랑은, 사라지고 없었다.

날이 밝았다.

방 안이 희미하게 밝아져, 나는 곁에 잠들어 있는 그 사람

의 얼굴을 가만히 바라보았다. 머지않아 죽을 것 같은 사람의 얼굴이었다. 지친 얼굴이었다.

희생자의 얼굴. 숭고한 희생자.

나의 사람. 나의 무지개. 마이 차일드. 미운 사람. 교활한 사람.

이 세상에 다시 없을 너무나, 너무나 아름다운 얼굴 같아서, 사랑이 되살아나는 듯 가슴이 두근거려 그 사람의 머리를 쓰다듬으며 키스했다.

슬프고 슬픈 사랑의 성취.

우에하라 씨는 눈을 감은 채 나를 안으며 말했다.

"삐딱했던 거지. 난 농부의 자식이니까."

이제 이 사람에게서 멀어지지 않으리라.

"전 지금 행복해요. 사방의 벽에서 탄식이 흘러나와도 지금 제 행복은 포화점이에요. 재채기가 날 만큼 행복해."

우에하라 씨는 후후, 웃으며 말했다.

"근데, 이미 늦었어. 황혼이야."

"아침이에요."

동생 나오지는, 그날 아침 자살했다.

# 7

나오지의 유서.

누나.

안 되겠어. 먼저 갈게.

나는 내가 왜 살아야 하는지, 그 이유를 도통 모르겠습니
다.

살고 싶은 사람만 살면 돼요.

인간에겐 살 권리가 있는 것처럼 죽을 권리도 있잖아요.

이런 내 생각은 그 무엇도 새롭지 않고 당연한, 그야말로
원시적인 것인데도, 사람들은 이상하게 두려워하며 분명하

게 입 밖으로 내지 않을 뿐이에요.

살고 싶은 사람은 무슨 일이 있어도 반드시 씩씩하게 살아내야 해요. 그건 멋진 일입니다. 인간의 영예라는 것도 분명 가까이 있을 테지만, 죽는 것 또한 죄는 아니라고 생각해요.

나는, 나라는 풀은 이 세상의 공기와 햇빛 속에서 살기 힘들어요. 살아가기에는 어딘가 하나 결여되어 있어요. 모자라요. 지금껏 살아온 것도 나로선 최선을 다한 거였어요.

나는 고등학교에 들어가 내가 자란 계급과는 전혀 다른 계급에서 자란, 강하고 억센 잡초 같은 친구들과 처음으로 어울렸는데, 그 기세에 꺾이지 않으려고, 마약을 이용해 반 미치광이가 되어 저항했습니다. 그리고 군인이 되어서도 역시 삶의 마지막 방편으로 아편을 이용했어요. 누나는 아마 이런 내 심정 모르겠지.

나는 천박해지고 싶었어요. 강하게, 아니 난폭해지고 싶었습니다. 그리고 그것이 소위 민중의 벗이 될 수 있는 유일한 길이라고 생각했어요. 술 정도로는 도저히 안 되겠더라고. '늘 어질어질 현기증을 느껴야만 했어요.' 그러려면 마약 외에는 달리 방법이 없었습니다. 난 집을 잊어야만 했어요. 아버지 핏줄에 반항해야만 했어요. 어머니의 다정함을 뿌리쳐야만 했어요. 누나를 차갑게 대해야만 했어요. 그렇지 않으면 저 민중의 방에 들어갈 입장권을 얻을 수 없다고 생각했습니다.

나는 천박해졌어요. 상스러운 말을 쓰게 되었어요. 하지만 그건, 절반은, 아니 60퍼센트는 가여운 임시방편이었습니다. 어설픈 잔재주였어요. 민중에게 나는 역시 아니꼽고 재수 없는 남자였어요. 그들은 나와 진심으로 허물없이 지내려 하지 않았어요. 그렇지만 이제 와 내가 버린 살롱으로 되돌아갈 수는 없었습니다. 지금 나의 천박함은 비록 60퍼센트는 인위적인 임시방편이었지만, 나머지 40퍼센트는 진짜 천박함이 되었거든요. 나는 이른바, 상류 살롱의 역겨운 품위에 구역질이 날 것 같아 한시도 참을 수 없게 되었습니다. 잘나고 지체 높으신 분들도 내 천박한 행동거지에 질려 당장 내쫓을 거예요. 이미 버린 세상으로 돌아갈 수도 없고, 민중은 악의에 찬 방청석을 내줄 뿐이에요.

어느 세상에서건 나처럼 이른바 생활력 없고 결함 있는 풀은 사상도 뭣도 없이 그저 스스로 소멸할 수밖에 없는 운명인지도 모르겠지만, 내게도 조금은 할 말이 있어요. 내겐 도저히 살아갈 수 없는 사정이 있는 것 같아요.

인간은 다 똑같다.

이게 도대체 사상인가요? 난 이런 불가사의한 말을 발명한 사람이 종교인도 철학자도 예술가도 아니라고 생각합니다. 민중의 술집에서 나온 말이에요. 구더기가 끓듯이 어느 틈엔가, 누가 꺼냈다랄 것도 없이 부글부글 끓어올라 온 세계를 잠식하고 세상을 거북하게 만들어버렸어요.

이 불가사의한 말은 민주주의와도, 또 마르크시즘과도 전혀 무관해요. 그건 분명 술집에서 추남이 미남을 향해 던진 말입니다. 그냥 초조함이에요. 질투예요. 사상이든 뭐든 있을 리가 없어요.

하지만 그 술집에서 나온 질투 어린 분노가 이상하게 사상을 띤 얼굴로 민중 속을 행진하고, 민주주의와도 마르크시즘과도 전혀 무관한 말일진대, 어느새 정치사상이나 경제사상에 들러붙어 묘하게 비열한 형태로 변해버렸습니다. 메피스토*라도 이런 터무니없는 말을 사상과 바꿔치기하는 짓 따위는 차마 '양심에 찔려' 주저했을지도 모릅니다.

인간은 다 똑같다.

이 얼마나 비굴한 말인가요? 남을 멸시하는 동시에 스스

---

* 메피스토텔레스의 줄인 말로 괴테의 『파우스트』에 등장하는 유혹의 악마.

로마저 멸시하고, 아무런 프라이드도 없이, 모든 노력을 포기하게 만드는 말. 마르크시즘은 노동하는 자의 우위를 주장해요. 다 똑같다고 하지 않아요. 민주주의는 개인의 존엄을 주장합니다. 다 똑같다고 하지 않아요. 오직 호객하는 인간들만이 그렇게들 말해요. "헤헤헤, 아무리 젠체해봤자 다 똑같은 인간이지 뭐."

왜 '똑같다'고 할까? 뛰어나다고 할 순 없을까? 노예근성의 복수.

하지만 이 말은 실로 외설스럽고 거북해서, 사람들은 서로를 두려워하고, 모든 사상은 유린당하고, 노력은 비웃음을 사고, 행복은 부정되고, 미모는 추해지고, 영광은 끌어내려져, 이른바 '세기의 불안'은 이 불가사의한 말 한마디에서 비롯되었다고 나는 생각해요.

거북스러운 말이라고 생각하면서도, 나 역시 이 말에 협박당해 겁에 떨고, 뭘 해도 부끄럽고, 끝없이 불안하고, 가슴이 두근거려 어쩔 줄 몰라, 술과 마약에 취해 잠시나마 안정을 찾다 보니 이렇게 엉망이 되고 말았어요.

약해서겠죠. 어딘가 하나 중대한 결함이 있는 풀인 거겠죠. 또한 뭔가 그럴싸한 변명을 늘어놓아도, 뭐야, 원래 노

는 걸 좋아했지, 게으름뱅이에 호색한이고 제멋대로인 방
탕아야, 라고 그 호객꾼이 비웃으며 말할지도 몰라요. 그리
고 나는 그런 말을 들어도 지금까진 그저 부끄러워 모호하
게 수긍해왔지만, 나도 죽음을 앞두고 한마디 항의 같은 말
을 해두고 싶어요.

　누나.

　믿어줘요.

　난 놀아도 전혀 '즐겁지가 않았어요.' 쾌락 불감증일지도
모릅니다. 난 그저 귀족이라는 나의 그림자에서 벗어나고
싶어 미친 듯이 놀며 거칠게 살았을 뿐입니다.

　누나.

　우리에겐 과연 죄가 있을까요? 귀족으로 태어난 게 '우리
의 죄'일까요? 단지 그 집에 태어났다는 이유만으로, 우리
는 영원히, 이를테면 유다의 가족처럼 송구스러워하고 사
죄하고 부끄러워하면서 살아야만 해요.

　난 진작 죽어야 했어요. 하지만 단 하나, 어머니의 애정.
그것만 생각하면 죽을 수가 없었어요. 인간은 자유롭게 살
권리를 지님과 동시에 언제든 마음대로 죽을 권리도 가졌
지만, '어머니'가 살아 계시는 동안은 그 죽음의 권리가 유

보되어야 한다고 생각했어요. 그건 동시에 '어머니'도 죽이는 짓이니까.

이제 더는 내가 죽더라도 몸이 상할 만큼 슬퍼할 사람도 없고, 아니, 누나, 나는 알아요, 나를 잃은 당신들의 슬픔이 어느 정도일지, 아니, 허식 같은 감정은 그만하죠. 당신들은 나의 죽음을 알면 분명 울음을 터트리겠지만, 살아 있는 나의 고통과 불쾌한 삶으로부터 완전히 해방된 나의 기쁨을 이해해준다면, 당신들의 그 슬픔은 차츰 사그라들리라 믿어요.

내 자살을 비난하며 끝까지 살았어야 했다고, 내게 아무런 도움도 주지 않으면서, 그저 말로만 보란 듯이 비판하는 사람들은 폐하께 과일가게를 해보시라고 태연하게 권할 수 있을 만큼 대단한 위인임에 틀림없습니다.

누나.

나는 죽는 게 나아요. 내겐 세상에서 말하는 생활 능력이 없어요. 돈 때문에 남들과 겨룰 힘이 없어요. 난 남에게 빌붙는 일조차 못 해요. 우에하라 씨와 어울려도 내 몫의 계산은 늘 내가 했어요. 우에하라 씨는 그걸 귀족의 알량한 자존심이라며 질색했지만, 나는 자존심 때문에 그런 게 아니라,

우에하라 씨가 일해서 번 돈으로 내가 허투루 먹고 마시고 여자를 안는 것 따위가, 두려워서 도저히 그럴 수 없었던 거예요. 우에하라 씨의 일을 존경해서 그런 거라고 딱 잘라 말하는 것도 거짓이겠죠. 나도 사실 확실히 알지 못합니다. 단지 남에게 얻어먹는 것이 너무 두렵습니다. 더구나 그 사람이 자신의 재능 하나로 벌어들인 돈에 얻어먹는 건, 괴롭고 마음이 아파서 견딜 수가 없어요.

그래서 우리 집 돈이나 물건을 가지고 가서 어머니와 누나를 슬프게 했어요. 나 자신도 전혀 즐겁지 않았고, 출판업을 계획한 것도 그저 부끄러움을 감추기 위한 방편이지, 사실 전혀 진심이 아니었어요. 진심이었다 해도, 남에게 얻어먹는 것조차 익숙지 않은 사내가 돈벌이 따위를 할 수 있을 리 만무하다는 것쯤은, 아무리 어리석은 나래도 그 정도는 알고 있어요.

누나.

우린 가난해졌어요. 사는 동안 남들에게 베풀어주고 싶었는데, 이젠 남들이 베풀어주지 않으면 살아갈 수 없게 됐어요.

누나.

그런데도 난 왜 살아 있어야만 한다는 걸까요? 이젠 안 되겠어. 난 죽겠습니다. 편하게 죽을 수 있는 약이 있어요. 군대에 있을 때 구해 뒀어요.

누나는 아름답고(나는 아름다운 어머니와 누나가 자랑스러웠습니다), 또 현명하니까 전혀 걱정하지 않아요. 걱정할 자격조차 내겐 없습니다. 도둑이 피해자의 신상을 염려하는 격이라 낯부끄러울 따름입니다. 분명 누나는 결혼해서 아이도 낳고 남편을 의지하며 살아갈 수 있으리라 믿어요.

누나.

내겐 한 가지 비밀이 있어요.

긴긴 시간 숨기고 숨겼는데, 전쟁터에서도 그 사람이 생각났어요. 그 사람 꿈을 꾸다 깨어나 눈물지은 적이 얼마나 많았는지 모릅니다.

그 사람의 이름은, 도저히 누구에게도 절대로 말할 수 없어요. 난 이제 죽을 거니까 적어도 누나에게만은 분명히 말해 둘까도 싶지만, 역시 너무도 두려워 그 이름을 밝힐 수가 없어요.

하지만 난 그 비밀을 절대 비밀로 한 채, 끝내 이 세상 누구에게도 밝히지 않고 가슴 깊이 묻어두고 죽으면, 내 몸이 화장되더라도 그 가슴속만 비릿하게 타지 않고 남을 것 같아 불안해서 견딜 수가 없습니다. 그러니 누나에게만 에둘러, 어렴풋이 픽션처럼 알리겠습니다. 픽션이라고 해도 누나는 상대가 누군지 틀림없이 눈치챌 거예요. 픽션이라기보다 그냥 가명을 쓰는 정도의 속임수니까.

누나는 알까요?

누나는 그 사람을 알겠지만, 아마 만난 적은 없을 겁니다. 그 사람은 누나보다 조금 더 나이가 많아요. 홑꺼풀에 눈꼬리가 올라갔고 파마 같은 건 한 적이 없어요. 언제나 바싹 묶은 머리랄까, 그런 수수한 머리 모양에 아주 초라한 옷차림을 하고 있는데, 그렇다고 깔끔하지 못한 몰골이 아니라 늘 단정하게 차려입고 말끔한 모습입니다. 그 사람은 전후에 새로운 터치의 그림을 잇달아 발표해 갑자기 유명해진 어느 중년 서양화가의 부인입니다. 그 서양화가의 행실은 매우 난폭하고 거칠지만, 그 부인은 침착하고 늘 아름답게 미소 짓고 있어요.

내가 일어나,

"그럼 이만 가보겠습니다."

하자 그 사람도 일어서서 아무런 경계심도 없이 내 곁으로 다가와 내 얼굴을 올려다보고는 여느 때의 목소리로 말했어요.

"왜요?"

그러고는 정말로 의아하다는 듯 고개를 갸웃하고 잠시 내 눈을 응시했어요. 그리고 그 사람의 눈에 아무런 사악한 마음도 겉치레도 없었습니다. 나는 원래 여자와 눈이 마주치면 당황해서 시선을 피하곤 하지만, 그때만큼은 조금도 부끄러워하지 않고, 두 사람의 얼굴에 한 자 정도의 간격을 두고 60초 아니 그 이상, 아주 흐뭇하게 그 사람의 눈동자를 바라보다가 그만 미소 짓고 말았어요.

"하지만……."

"곧 오실 거예요."

그 사람은 여전히 진지한 얼굴로 말했습니다.

정직이란 이런 느낌의 표정을 말하는 게 아닐까, 문득 그런 생각이 들었습니다. 정직이라는 말로 표현된 본래의 덕은 도덕 교과서에나 말할 법한 거창한 덕이 아니라, 이처럼 사랑스러운 게 아닐까, 생각했어요.

"다시 오겠습니다."

"그래요."

처음부터 끝까지 전부 별것 아닌 대화였어요. 어느 여름 오후, 그 서양화가의 아파트를 찾아갔는데 그는 집에 없었습니다. 곧 돌아올 테니 들어와 기다리겠느냐는 부인의 말에 방으로 들어가 30분가량 잡지 따위를 보는데, 아무래도 돌아올 것 같지 않아 일어나서, 그만 가보겠습니다, 하고 말한 게 다였습니다. 하지만 난 그날 그때, 그 사람의 눈동자에서 고통스러운 사랑을 느꼈습니다.

고귀함, 이라고나 할까. 내 주위 귀족들 가운데 어머니를 제외하고 그토록 경계심 없는 '정직'한 눈빛을 지닌 사람은 한 명도 없었다는 사실만은 단언할 수 있어요.

그 후 어느 겨울 저녁, 나는 그 사람의 옆얼굴에 감탄한 적이 있어요. 역시 그 서양화가의 아파트에서 술친구가 되어 고타쓰에 들어가 아침부터 술을 마셨고, 일본의 소위 문화인들을 마구 욕해대며 깔깔거렸습니다. 이윽고 화가는 쓰러져 요란하게 코를 골며 곯아떨어지고 나도 누워 졸고 있는데, 포근한 담요의 감촉에 가늘게 눈을 떠보니, 도쿄의 겨울 저녁 하늘은 물빛으로 맑고, 부인은 딸을 안은 채 아파트 창가에 무심히 앉아 있었습니다. 부인의 단정한 옆얼굴이 저 멀리 물빛 저녁 하늘을 배경으로, 르네상스 시대의 초상

화처럼 선명하게 그 윤곽이 떠올랐어요. 내게 살포시 담요를 덮어준 친절은 교태도 아니고 욕망도 아니고, 아아, 휴머니티라는 말은 이런 때를 위해 소생하는 게 아닐는지, 인간의 당연하고도 쓸쓸한 배려였습니다. 거의 무의식적인 행동처럼, 그림처럼 고요하게 먼 곳을 바라보고 있었어요.

나는 눈을 감았습니다. 그립고 애가 타서 미칠 듯한 마음에 눈물이 흘러나와 담요를 머리까지 푹 뒤집어썼어요.

누나.

내가 그 서양화가의 집에 놀러 간 건, 처음엔 그의 작품에서 보이는 독특한 터치와 그 밑바닥에 감춰진 광적인 열정에 심취한 탓이었지만, 교류가 깊어질수록 그 사람의 무교양, 돼먹지 못한 언행과 추접스러움에 넌더리가 났어요. 그와 반비례해, 그 사람의 부인이 지닌 고운 심성에 끌려, 아니, '올바른 애정을 품은 사람'이 너무나 그리워 부인의 모습을 보고 싶은 마음에, 그 서양화가의 집에 놀러 가게 됐습니다.

그 화가의 작품에 다소나마 예술의 고귀한 향기라고 할 만한 게 있다면, 그건 부인의 온화한 마음이 반영된 게 아닐까 하는 생각마저 듭니다.

난 이제야 느낀 바를 분명히 말하지만, 그 서양화가는 그저 지독한 술꾼에 방탕하고 교묘한 장사치에 불과해요. 유흥비가 필요해서 그냥 되는대로 캔버스에 물감을 처바르고, 유행을 좇아 거드름을 피우며 비싸게 팔아먹고 있는 거예요. 그 사람이 가진 거라곤 시골 촌놈의 뻔뻔함, 어리석은 자신감, 교활한 상술, 그뿐입니다.

아마 그 사람은 외국인의 그림이건 일본인의 그림이건 다른 사람의 그림은 아무것도 이해하지 못할 거예요. 자신의 그림조차도 잘 알지 못할 거예요. 그저 유흥비가 필요해서 정신없이 물감을 캔버스에 처바를 뿐입니다.

심지어 더욱 놀라운 건, 자신의 그런 돼먹지 못한 언행에 아무런 의심도 수치도 공포도 갖고 있지 않다는 거예요.

그냥 득의양양할 뿐이에요. 어차피 자신이 그린 그림조차 알지 못하는 사람이라 다른 사람이 하는 일을 알 리도 없고 마구 폄하고 깎아내리기 바빠요.

말하자면 그 사람의 데카당 생활은, 입으로는 주절주절 괴롭다고 하소연하지만, 실은 어리석은 촌놈이 오래전부터 동경하던 도시에 올라와 생각지도 못한 성공을 거두니 신이 나서 노는 데 정신이 팔려 있을 뿐이에요.

언젠가 내가,

"친구들이 모두 빈둥대며 놀고 있을 때, 나 혼자만 공부하는 건 쑥스럽고 두려워요. 그래서 도저히 그럴 수가 없어서 놀고 싶은 마음이 전혀 없는데도 어울려 놉니다."

라고 했더니 그 중년의 서양화가가 말했어요.

"그래? 그게 귀족 기질이라는 건가? 재수 없군. 난 남이 놀고 있는 걸 보면 내가 손해 보는 것 같아서 왕창 노는데."

나는 그 태연한 태도에 그 서양화가를 진심으로 경멸했습니다. '이 사람의 방탕에는 고뇌가 없다. 오히려 얼간이 같이 노는 걸 자랑스레 여긴다. 진짜 멍청한 방탕아다.'

하지만 이 서양화가의 험담을 쏟아내 봤자, 누나와는 상관없는 일이고, 나 또한 죽음을 앞두고 역시 그 사람과의 오랜 교류를 생각하니, 그립고 다시 한번 만나서 놀고 싶은 충동을 느껴요. 미워하는 감정은 조금도 없어요. 그 사람도 외로운 사람, 정말로 좋은 점을 많이 가진 사람이니, 더는 아무 말도 하지 않겠습니다.

그저 내가 그 사람의 부인을 연모해 갈팡질팡하고 괴로워했다는 사실만 누나가 알아주면 돼요. 그러니 누나는 이 사실을 알았더라도, 누군가에게 그런 사정을 호소하고 동생의 생전 바람을 이뤄주겠다든가 하는 그런 괜한 참견은 하지 않아도 돼요. 누나 혼자만 알고 속으로, 아아, 그랬구나, 하고 생각하면 그걸로 충분합니다. 또 하나 욕심을 낸다면, 이런 나의 부끄러운 고백으로 말미암아, 적어도 누나만이라도 지금껏 내 삶의 고통을 좀더 깊이 알아준다면 난 무척 기쁠 거예요.

언젠가 그 부인과 손을 맞잡는 꿈을 꾸었습니다. 그리고 부인 역시 오래전부터 나를 좋아했다는 사실을 알았어요. 꿈에서 깼는데도 내 손바닥에 부인의 손가락 온기가 남아 있었어요. 나는 이제 이것으로 만족하고 단념하리라 마음먹었어요. 도덕이 두려워서가 아닙니다. 나는 그 반미치광이, 아니 거의 미치광이나 다름없는 그 서양화가가 두려워서 견딜 수가 없어요. 단념하리라 마음먹고 타들어 갈 듯한 가슴의 불씨를 딴 데로 옮기려고, 어느 날 밤은 그 서양화가조차 눈살을 찌푸릴 정도로 난잡하게, 닥치는 대로 이 여자 저 여자와 미친 듯이 놀아났습니다. 어떻게서든 부인의 환영에서 벗어나 다 잊고 아무것도 아닌 일이 되었으면 했어요. 하지만 안 되더라고요. 난 결국, 단 한 여자밖에 사랑할 줄 모르는 남자였습니다. 전 분명히 말할 수 있어요. 난 부

인이 아닌 다른 여자친구들을 아름답다거나 애처롭다고 느
낀 적이 없어요.

누나.

죽기 전에 딱 한 번만 쓸게요.

……스가짱.

그 부인의 이름입니다.

내가 이제 조금도 좋아하지 않는 댄서(이 여자에겐 본질적
으로 바보 같은 구석이 있어요)를 데리고 산장에 온 건, 설마
하니 오늘 아침 죽으려는 생각으로 그런 건 아니었습니다.
언젠가, 머지않아 반드시 죽을 마음은 있었어도, 어제 여자
를 데리고 산장에 온 건 여자가 여행을 가자며 졸라대는 데
다, 나도 도쿄에서 노는 것에 지쳐 이 바보 같은 여자와 2,
3일 산장에서 쉬는 것도 나쁘지 않겠다 싶어, 누나 볼 면목
은 없지만, 아무튼 함께 왔더니, 누나가 도쿄의 친구 집에
간다기에, 그때 문득, 내가 죽는다면 지금이다, 라는 생각이
들었어요.

나는 예전부터 니시카타초의 집 안방에서 죽고 싶었어
요. 길가나 들판에서 죽어 구경꾼들이 시체를 들쑤시는 건
끔찍했거든요. 하지만 니시카타초의 그 집은 남의 손에 넘

어갔으니 이제 이 산장에서 죽는 수밖에 없겠구나 싶었는데, 자살한 나를 맨 처음 발견하게 될 사람이 누나가 되리라는 것, 그때 누나가 느낄 엄청난 놀람과 두려움을 생각하면, 누나랑 단둘이 있는 밤에 자살하는 건 마음이 무거워서 도저히 그러지 못할 것 같았어요.

그런데 이 얼마나 좋은 기회인지. 누나가 없는 대신 둔하기 짝이 없는 댄서가 자살한 나를 발견한다.

어젯밤 둘이서 술을 마시고 여자를 2층 방에 재운 다음, 나 혼자 어머니가 돌아가신 아래층 방에 이불을 깔고 이 비참한 수기를 쓰기 시작했어요.

누나.

내겐 희망의 지반(地盤)이 없습니다. 안녕.

결국, 나의 죽음은 자연사예요. 인간은 사상만으로 죽을 수 있는 게 아니니까요.

그리고 한 가지, 정말 쑥스러운 부탁이 있어요. 어머니의 유품인 삼베 기모노, 그걸 내가 내년 여름에 입을 수 있게 누나가 수선해줬잖아요. 그 옷을 내 관에 넣어 주세요. 꼭 입어보고 싶었어요.

날이 밝아옵니다. 오랫동안 고생만 시켰네요.

안녕.

간밤의 취기는 이제 다 가셨습니다. 난 온전한 정신으로 죽는 거예요.

다시 한번, 안녕.

누나.

나는, 귀족입니다.

# 8

꿈.

모두가 내게서 떠나간다.

나오지를 떠나보내고 한 달 동안 나는 겨울 산장에서 홀
로 지냈다.

그리고 나는 그 사람에게 어쩌면 이번이 마지막이 될 편
지를, 물처럼 담담한 기분으로 써 보냈다.


아무래도 당신 역시 저를 버리신 모양입니다. 아니, 점점
잊어가시는 듯해요.

하지만 전 행복합니다. 저의 바람대로 아이가 생긴 것 같

아요. 전 지금 모든 걸 잃어버린 심정이지만, 그래도 배 속의 작은 생명은 제 고독한 미소의 씨앗이 되었습니다.

불결한 실수 따위라고는 절대 생각지 않아요. 이 세상에 전쟁이니 평화니 무역이니 조합이니 정치니 하는 것들이 무엇을 위해 존재하는지, 비로소 저도 알게 됐어요. 당신은 모르시겠죠? 그러니까 늘 불행한 거예요. 그건 말이죠, 가르쳐드릴게요, 여자가 좋은 아이를 낳기 위해서예요.

제겐 처음부터 당신의 인격이나 책임에 기댈 생각이 없었습니다. 저의 한결같은 사랑의 모험을 완수하는 것만이 문제였어요. 그리고 저의 그 바람이 완성된 지금, 제 가슴은 숲속의 늪처럼 고요합니다.

저는 이겼다고 생각해요.

마리아가 설령 남편의 자식이 아닌 아이를 낳는대도 마리아에게 빛나는 긍지가 있다면 성모자가 되는 것입니다.

제게는 낡은 도덕을 아무렇지 않게 무시하고 좋은 아이를 얻었다는 만족이 있습니다.

당신은 그 후로도 여전히 기요틴 기요틴, 하며 신사와 아가씨들과 술을 마시고 데카당 생활을 이어가고 있겠지요. 하지만 저는 그런 짓을 그만두라고 하진 않겠습니다. 그 또

한 당신의 마지막 투쟁일 테니까요.

술을 끊고 병을 고치고 오래오래 살아 훌륭한 일을 하시라는, 그런 속내가 빤히 들여다보이는 소리를 더 이상 전 하고 싶지 않아요. '훌륭한 일'보다도 목숨을 내던질 각오로 이른바 부도덕한 생활을 끝까지 해나가는 것이, 후세 사람들로부터 오히려 감사 인사를 받게 될지도 몰라요.

희생자. 도덕 과도기의 희생자. 당신도 나도 분명 그런 존재겠지요.

혁명은 대체 어디서 일어나고 있을까요? 적어도 우리 주변에서만큼은 낡은 도덕이 여전히 손톱만큼도 변하지 않은 채, 우리의 앞길을 가로막고 있습니다. 바다 표면의 파도는 격하게 요동쳐도 그 아래 바닷물은 혁명은커녕 꿈쩍도 하지 않고 자는 척 누워 있을 뿐.

하지만 전 지금까지의 1회전에서 낡은 도덕을 미약하게나마 밀어냈다고 생각합니다. 그리고 이제는 태어날 아이와 함께 2회전, 3회전을 치러 나갈 작정입니다.

사랑하는 사람의 아이를 낳아 키우는 일이 제 도덕 혁명의 완성입니다.

당신이 저를 잊더라도, 또 당신이 술로 생명을 잃더라도,

저는 제 혁명의 완성을 위해 씩씩하게 살아갈 수 있을 것 같아요.

당신의 형편 없는 인격에 대해, 저는 얼마 전에도 어떤 이에게서 이런저런 얘기를 들었습니다만, 그렇더라도 제게 이런 강인함을 준 건 당신이에요. 내 가슴에 혁명의 무지개를 걸어준 건 당신이에요. 살아갈 목표를 준 건 당신이에요.

저는 당신을 자랑스럽게 여기고, 또 태어날 아이도 당신을 자랑스럽게 여기게끔 할 것입니다.

사생아와 그 어머니.

하지만 우린 낡은 도덕과 끝까지 싸우며 태양처럼 살아갈 거예요.

부디, 당신도 당신의 투쟁을 계속해주세요.

혁명은 아직, 아무것도 일어나지 않았습니다. 더욱더 많은, 안타깝고 숭고한 희생이 필요한가 봅니다.

지금 세상에서 가장 아름다운 건 희생자입니다.

작은 희생자가 또 한 사람 있어요.

우에하라 씨.

전 이제 당신께 아무것도 부탁하고 싶은 마음은 없습니다만, 그래도 그 작은 희생자를 위해 한 가지 허락을 구하고 싶은 것이 있습니다.

제가 낳은 아이를 단 한 번만이라도 좋으니, 당신 부인이 안아주셨으면 하는 겁니다. 그러면 그때 저는 이렇게 말할 거예요.

"이 아이는 나오지가 어떤 여자에게 몰래 낳게 한 아이예요."

왜 그렇게 하려는지, 그것만은 아무한테도 말할 수 없습니다. 아니, 저 자신도 왜 그렇게 하려는지 잘 몰라요. 하지만 전 무슨 일이 있어도 그렇게 해야만 합니다. 나오지라는 작은 희생자를 위해 무슨 일이 있어도 꼭 그렇게 해야만 해요.

불쾌하신가요? 불쾌하셔도 눈감아주세요. 버려지고 잊혀가는 여자의 유일한 투정이라 여기시어, 꼭 들어주셨으면 합니다.

M.C 마이 코미디언

1947년 2월 7일

# 절망과 희망을 함께 담아낸
# 아름다운 빛, 『사양』

    강릉의 해가 저물어갑니다. 분홍빛, 초록빛, 물빛, 주홍
빛……. 우주의 아름다운 빛이란 빛들이 모두 모여 하늘을
곱게 물들여 갑니다.

    저는 지금 강릉에 있습니다.

    작년, 강릉에서 1년살이를 하고 서울로 다시 돌아왔는데,
이 책을 옮기면서 강릉의 해 지는 풍경이 자꾸만 떠올라 번
역의 막바지 작업 중, 기차에 올랐습니다. 아마 의아하실 겁
니다. 강릉, 하면 일출이 가장 먼저 떠오를 테니까요. 하지만
그곳에 깃들어 살아가는 사람들은 잘 알고 있습니다. 그곳
서쪽 어느 한 호수의 해 질 녘 풍경이 얼마나 아름다운지.

    저녁 무렵 서쪽으로 기울어진 해, 석양. 새로운 것에 밀려

점점 쇠락해가는 것을 비유하는 말. 이 작품의 제목인 '사양(斜陽)'의 뜻입니다. 일본 사회의 급격한 변화로 몰락해가는 한 귀족 가문의 이야기라는 소설 속 내용이 여실히 담긴 제목이지요. 『사양』은 당시, 젊은이들 사이에서 '사양족'이라는 유행어를 낳을 만큼 화제를 모은 작품이기도 합니다.

작중에는 네 사람의 주요 인물이 등장합니다.

장녀 가즈코, 남동생 나오지, 쇠약해진 어머니, 그리고 가즈코가 사랑했던 소설가 우에하라.

이야기를 이끌어가는 화자는 가즈코지만, 다자이 오사무라는 저자 자신이 직접적으로 투영된 인물은 나오지입니다. 그래서 나오지를 보면 자신의 생을 부끄럽게 여기며, 술과 마약에 빠져 지내다 끝내 스스로 생을 마감한 다자이 오사무가 떠올라 그저 안타까울 따름이었습니다.

나오지는 자신을 이 세상과 이어주는 마지막 끈과 같은 존재였던 어머니가 세상을 떠나자 결국 자신도 죽는 길을 택하지만, 가즈코는 나오지와 어머니, 우에하라, 모두가 비록 자신을 떠났어도 살아남는 쪽을 택합니다.

어떻게 보면 가즈코는 누구에게도 말할 수 없었던, 내심 씩씩하게 인생을 살아내고팠던, 다자이 오사무의 안타까운 마음을 대변하는 인물일지도 모르겠습니다. 우에하라에게 보내는 편지를 끝으로 소설이 막을 내리는 까닭에, 훗날 가즈코의 인생이 어찌 될지는 아무도 알 수 없습니다만, 저는 이 책의 역자이자 한 사람의 독자로서, '분명 누나는 살아갈 수 있으리라 믿는다'라는 나오지의 유서처럼, 그리고 자신은 아이와 함께 2회전, 3회전을 치를 작정이라는 가즈코의 각오처럼, 끝까지 씩씩하게 살아가리라 믿어 의심치 않습니다.

오늘도 붉은빛에서 보랏빛으로, 보랏빛에서 까만빛으로 지는 강릉의 해 질 녘 하늘을 바라보고 왔습니다. 저무는 해를 바라보고 있노라면, 자연의 아름다움을 절절히 느끼며 지난 과거들을 되뇌게 됩니다. 그러다 보면 즐거웠던 일들도 떠오르지만, 한편으론 슬픈 일들도 자연스럽게 스쳐 지나갑니다. 가즈코도 어느 날은 문득, 사랑했던 어머니와 나오지, 우에하라 생각에 가슴 사무치는 날들도 있겠지요.

하지만 그런 게 바로 인생 아닐까요. 마냥 즐거움과 행복만 있는 삶이 아니라, 고통도 슬픔도 있는, 그런 시간이 함께하는 것이 진정한 우리 인생이 아닐까 싶습니다. 그때 우리는 분명 더 단단해지리라 생각합니다.

살아 있는 사람은, 해 질 녘 풍경처럼 그 존재만으로 아름답습니다. 사실 거창하게 무언가가 되어야 할 필요도, 늘 잡히지 않는 미지의 것들을 위해 너무 애쓸 필요도 없다고 생각합니다. 그저 자신을 내버리지 말고, 나를 소중히 여기며 하루하루 충실히 살아가면 그뿐일 것입니다.

# 사양

**초판 1쇄 발행** 2022년 3월 2일

**지은이**   다자이 오사무
**옮긴이**   장하나

**펴낸이**   이성림
**펴낸곳**   성림북스

**편집**   김화영
**디자인**   북디자인 경놈

**출판등록** 2014년 9월 3일 제25100-2014-000054호
**주소**     서울시 은평구 연서로3길 12-8, 502
**대표전화** 02-356-5762  팩스 02-356-5769
**이메일**   sunglimonebooks@naver.com

ISBN 979-11-88762-39-2 (03830)